ベリーズ文庫

契約妻失格と言った俺様御曹司の溺愛が溢れて満たされました【憧れシンデレラシリーズ】

皐月なおみ

STARTS
スターツ出版株式会社

目次

NIGHT BA
親の結婚催促にうんざりしていた私は
夫代行サービスとかないのかなぁ
面白い話だな
それなら俺と結婚すればいい
初対面の男性と意気投合
って…
今日から副社長に就任した三葉和樹だ
よろしく頼む
彼が…会社の新副社長!?
本気にしている彼にも驚いたけど…
先日話した結婚の件だが…
これは契約だ
こんなチャンス逃せない…!
半年後…

仮面夫婦だと周りに噂されている
君は契約妻失格だ
そんな…っ
契約解消されちゃう!?
だから君には
俺に相応しい女になってもらう
これから私どうなっちゃうの!?
口絵：まじかる（サイドランチ）
キャラクター原案：北沢きょう

契約妻失格と言った俺様御曹司の溺愛が溢れて満たされました【憧れシンデレラシリーズ】

プロローグ　三葉夫妻の朝

一日のはじまり、まだほとんど目も開いていないうちに、熱いコーヒーを飲むのが三葉《みつば》楓《かえで》の習慣だ。スーパーで買ってきたインスタントコーヒーの粉を、たっぷりの砂糖とミルクで甘く淹《い》れる。それをちびちびと飲みながらゆっくりと目を覚ますのだ。

今朝も楓は、ピリリリと鳴る携帯のアラームを聞いてむくりと起き上がりベッドを出る。まだ半分寝ぼけながら、寝起きしている三葉家の別棟を出て、本棟へと続く渡り廊下をふらふら歩く。楓が生活している別棟の部屋にはバスルームとトイレはついているがキッチンはないから、コーヒーを淹れるためには本棟へ行く必要があるのだ。

都内の一等地にあるこの広々とした一軒家は、海運会社に勤めるしがないＯＬの楓には、少々贅沢《ぜいたく》すぎる。住みはじめた頃はおっかなびっくり歩いたものだが、さすがに半年が経《た》った今は慣れた。

ぼんやりしながらキッチンに足を踏み入れ、冷蔵庫から牛乳を出そうと取っ手に手をかけた時。

「おはよう」

突然声をかけられて、飛び上がるほど驚いてしまう。振り返ると、リビングのソファに夫の三葉和樹《かずき》が座っていた。

「あ……お、おはようございます」

目をパチパチとさせて楓は答える。一気に目が覚めてしまった。

この時間に、彼がここにいるのは珍しいことだからだ。

楓が勤める三葉商船株式会社の代表取締役副社長である彼の毎日は忙しい。帰宅が午前零時を回るのはしょっちゅうだし、長期出張も珍しくない。そもそも彼は家で食事をしないから、在宅していてもたいていは本棟二階の書斎か寝室にいる。リビングのソファに座っているを見るのは数えるくらいしかなかった。

どうやら彼は、楓と同じように朝のコーヒーを飲みに来たようだ。センターテーブルにコーヒーカップが置いてある。

戸惑いながらも楓は牛乳をカウンターに置いて、戸棚からインスタントコーヒーの瓶《びん》を出す。するとまた声をかけられる。

「コーヒー、淹れるのか？」

「はい」

「そこのマシーンを使えばいいのに」

そう言われて、楓は広くて物が少ないキッチンの隅に置いてある本格的なコーヒーマシーンに目をやった。あるのは知っていたが、使ったことはない。一階にある物は自由に使っていいと言われているが、なんだか本格的すぎて使い方がよくわからないからだ。さりとて、彼にやり方を聞くのも気が引ける。楓は首を横に振った。

「ありがとうございます。でも私、インスタントの方が好きなので」

「そう？」

彼は頓着《とんちゃく》せずに頷《うなず》いて、手にしていたタブレットに視線を戻した。

コーヒーを淹れたマグカップを手に楓がダイニングテーブルに座ると、今度は彼が立ち上がり「お先に」と楓に声をかけてから、二階にある自分の寝室へ戻っていった。

楓はホッと肩の力を抜いてコーヒーをひと口飲んだ。パジャマのまま本棟に出てきてしまったのが、なんとなく申し訳ないような気持ちだった。

もちろん、ここは一応自分の家なのだから、パジャマのままコーヒーを飲んだってかまわない。彼からもそれを咎《とが》める雰囲気は微塵《みじん》も感じられなかったけれど。

コーヒーをもうひと口飲み、リビングの窓の向こう、朝日に照らされた広い庭を見つめながら、楓はさっきの和樹を思い出す。和樹の方も会社で見る時とは違い、スウェットと無地のロングTシャツというラフな部屋着姿だった。きっと楓と同じように寝起きのまま出てきたのだ。

それなのに少しもだらしない感じがしなかったのはなぜだろう？　百八十センチの長身に、少しウェーブがかかった黒い髪。大きくて綺麗《きれい》な目とスッと通った鼻筋が印象的な、完璧ともいうべき彼の容姿がそうさせるのか。あるいは旧財閥三葉家の長男としての育ちのよさが滲《にじ》み出ているのか。

そんなことを考えながら甘いコーヒーを飲んでいると、スーツに着替えて鞄《かばん》を持った和樹が下りてくる。経理課に所属する楓の同僚たちが着ているものとは明らかに違う、光沢を放つ高級なスーツをまとったさまは、まるで雑誌の中のモデルかなにかのようだった。階段を下りるというただそれだけの動作すら、どこか優雅に感じられる。

この家は会社から車で十五分ほどの距離にある。一般社員ならまだ家を出る時間ではないが、海外とやり取りすることも多い彼にはそんなことは関係ない。

楓が「いってらっしゃいませ」と声をかけると和樹は笑みを浮かべてそれに応えた。

「ああ、いってきます」

でも玄関へ向かおうとして立ち止まり、そのままなにやら思案している。

楓は首を傾《かし》げた。

「どうかされましたか?」

和樹が振り返った。

「いや、……ああ。……今日は少し早く帰れそうなんだ」

その答えに、楓は瞬きをして彼を見つめたまま返事をすることができなかった。

今夜の帰宅時間を妻に伝える。

普通の夫婦ならあたりまえのやり取りだが、ふたりにとってはそうではない。彼の夕食を作ることも一緒の部屋で眠ることもない楓は、彼のスケジュールをまったく把握していない。

それなのに、どうして彼は突然こんなことを言うのだろう?

唖然《あぜん》とする楓に、和樹が言葉のわけを説明する。

「確か今日は結婚してちょうど半年だろう? 帰りに食事でもどうだ?」

それでも楓は納得できなかった。結婚半年の記念日に夫婦ふたりで食事をする。幸せな夫婦ならあってもおかしくない話だが。

「食事を……? どうしてですか?」

疑問がそのまま口から出てしまう。

和樹がため息をついた。

「君に話があるんだよ」

「話……？」

「ああ、俺たちの関係についてだ。午後七時、プライマリーホテル二十七階の『雅《みやび》』に予約を入れておく。他に行きたい店があれば、リクエストしてくれてもかまわないが……」

「そ、それは大丈夫です」

　楓が慌てて答えると、彼は頷いて「名前を言えばわかるようにしておくよ」と告げ、そのまま玄関の方へ去っていく。

　話とはなにかと尋ねることもできないままに、楓は和樹の背中を見送った。意外すぎる彼からの誘いに、胸に不安な思いが広がった。

『俺たちの関係について』と彼は言った。つまり夫婦の関係についてということだ。

　でもいったいなんだろう？

　広い家で別々の寝室を使い、互いに干渉《かんしょう》し合わずに生活する。普通の夫婦だったら冷え切った関係だと言えるだろう。

　関係改善の努力をするべきかもしれない。でも和樹と楓にとってはこれが理想的な夫婦の形なのだ。

男女としての愛情を育むわけでもなく、家族としての関係を築く必要もない。ただ対外的に夫と妻としての最低限の役割を果たしてくれる相手が欲しかっただけなのだから。

――そう、三葉楓とその夫三葉和樹は、形だけの夫婦、いわゆる仮面夫婦なのだ。

我々は仮面夫婦だ

すべてのはじまりはさかのぼること七カ月前、年が明けてすぐの一月四日のことだった。

その日、楓は帰省先の田舎から東京《とうきょう》に戻ったばかりで、とにかく疲れていた。理由は、実家の両親や親戚と久しぶりに顔を合わせたからである。

むしゃくしゃする気持ちを抱えたまま、ひとりで住む会社の寮へ帰る気にもなれず、雪がちらつく街をスーツケース片手にやみくもに歩く。目についた裏通りのＢＡＲへ足を踏み入れた。

ひとりでＢＡＲに入るなんて、はじめてのことだ。普段は節約生活だし、特別アルコールが好きだというわけでもない。マスターに促されて座ったカウンター席でとりあえずメニューを広げて、耳にしたことがあるカシスオレンジを注文する。出てきてすぐに、ごくごく飲んでため息をついた。

楓が育った須之内《すのうち》家は、ある地方都市から在来線を乗り継いで一時間の田んぼが広がる町にある。最近では幹線道路沿いに飲食のチェーン店が進出して便利になってきたと皆言うが、そこに住む人たちの価値観は、楓が生まれた時とまったく変わっていなかった。

十二月二十八日が仕事納めで、二十九日は寮の掃除をした。三十日に実家に帰るため飛行機に乗り、日が暮れる頃に辿《たど》り着いた楓を待ち受けていたのは、須之内家が正月を迎えるにあたっての準備だった。

楓の実家は町内に点在する須之内家の本家で、三が日は親戚たちが入れ替わり立ち替わり挨拶に来る。そのまま宴会になるから、料理の仕込みから掃除に至るまでやることは際限なくあるのだ。準備をするのは母と楓のふたりだけ。父と実家住まいの三歳下の弟の透《とおる》は、リビングで酒を飲んでいた。

年が明けると、状況はもっと過酷になる。

続々訪れる親戚のうち男性陣は、襖《ふすま》を取り払ったふた間続きの広い和室で飲み食いをする。皆、お茶ひとつ飲むためにも自分では動かない。

楓は、母と叔母や従姉妹《いとこ》たちと共に、小間使いのように料理を運び、ひたすら皿洗いをするのだ。

それだけならまだいい。それ自体は生まれた時から見慣れている光景で今さらどうとは思わない。それよりも楓を苛立《いらだ》たせたのは親戚たちの言動だ。

『楓はもう二十七か、早く結婚せんともらい手がなくなるぞ』

『やっぱり女の子を東京になんかやるもんじゃないね。キャリアやらなんやら言ってるうちに、子供も産めなくなっちまう』

価値観が違うといえばそれまでだが、それにしても腹立たしい。

中にはどこそこの息子を紹介するとか、見合い話を持ってきたなどと言う者もいた。が、楓は絶対に頷かなかった。彼らと同じような考えの男性と結婚して、母や叔母たちのように夫の顔色をうかがいながら自分のやりたいこともできない一生を送るなんてまっぴらだ。

地獄のような宴会が終わり、親戚たちが帰った後はもっと最悪だった。楓の未婚について親戚たちから散々言われた父親の機嫌がすこぶる悪かったからである。

弟の透もまたしかりだった。どうやら彼には結婚を考えている彼女がいるようだ。でも父は順番でいけば楓が先だと言って結婚に頷かない状況で、親戚が持ってきた見合い話をあっさりと断った楓に腹を立てていた。

『最近、そのせいで彼女と喧嘩《けんか》ばかりなんだ。姉ちゃんのせいだからな！　贅沢言ってうかうかしてたら見合い話だってあっという間にこなくなるよ！』

封建的な考えの父親を説得できない自分のことは棚に上げて暴言を吐いた。

父親はもっとめちゃくちゃなことを言った。

『やっぱり東京の大学にやったのは失敗だった。今すぐに仕事をやめて帰ってこい』

大学へやったと彼は言うが、費用を出したのは楓自身だ。『女を大学に行かせる必要はない、どうしても行きたければ自分の力で行け』と言い放ち、あとは知らんぷりだったのだ。

楓は奨学金を借り、アルバイトで生活費を稼ぎながら自力で大学を卒業した。絶対に実家には帰りたくなかったから、在学中に一生懸命勉強してたくさんの資格を取り、一流企業である三葉商船の内定を勝ち取ったのだ。

血の滲むような努力をして手に入れた今の生活を『失敗』などと言われて、楓の頭に血が上った。馬鹿馬鹿しい価値観だ、こんな田舎になんか死んでも帰らないと父親に向かって言い切った。

あとは当然、売り言葉に買い言葉で、激しい親子喧嘩になる。母が間に入りどうにかその日は収まったが、次の日、起きてすぐに家族の誰とも口をきかずに東京へ戻ってきたのだ。

緩やかにジャズが流れるカウンターで苛立ちを持て余したまま、楓は何杯目かのカシスオレンジを飲み干した。アルコールは、会社の飲み会でもない限り普段は口にしないけれど、今日は酔いたい気分だった。

次はもう少し強いカクテルにしようかと、楓がメニューを手に取り睨《にら》めっこしていると。

「このBARは、はじめて？」

突然声をかけられて顔を上げると、隣の席にスーツ姿の若い男性が座っている。

楓は驚いて、メニューを置いた。

恐ろしくカッコいい人だった。座っているから背の高さはわからないが、長い脚をカウンターの下でやや窮屈そうに組んでいる。上品に整えられた黒い髪は緩くウェーブがかっていて、口元に優雅な笑みを浮かべていた。

戸惑う楓に、彼はメニューに視線を送って口を開いた。

「ここは、つまみも評判がいいんだよ」

そしてマスターを呼び、オードブルを注文する。楓が唖然としているうちに、カウンターにサーモンやオリーブ、クラッカーが載った皿とミネラルウォーターのグラスが置かれた。

「あ、ありがとうございます……」

楓は戸惑いながら礼を言った。同時に少し恥ずかしくなってしまう。明らかに場違いな女がひとりでやけ酒を飲んでいるのを心配してくれたのだろう。

「いただきます」と言ってミネラルウォーターをごくりと飲むと、カッカしていた身体に染み渡るようで美味《おい》しかった。

「美味しい……」

男性が微笑《ほほえ》んだ。

「あまり飲み慣れていないようだけど」

「そうですね、普段はあまり飲みません。でも今日は飲まずにはいられない気分だったんです」

すでにアルコールが回っているせいか、楓の口からスラスラと言葉が出る。

「ひとりで家に帰る気になれなくて」

「なるほど。それはその大きな荷物と関係があるの？」

足元のスーツケースを見下ろして、楓は素直に頷いた。

「そうです。でもべつに夜逃げしてきたわけじゃないですよ。実家に帰省していて今戻ったところなんです。ありがちかもしれないですけど、この年の女が独身だとそれはもう針のむしろで……」

そのまま、楓は自分自身の生い立ちと、実家であった出来事を、洗いざらい話してしまう。家庭の恥を晒《さら》すことになるけれど、目の前の男性は名前も知らない、おそらくもう二度と会わない相手だ。少しくらいはいいだろう。

「なるほどね。それはつらい状況だ」

ウイスキーグラス片手に楓の話を聞いていた男性が、同情するように言った。

「男性は、結婚は墓場だなんて言いますけど、私からすればそれは女性側のセリフです。すべてを相手に合わせなくちゃいけないんですから」

ぷりぷりして楓が言うと、男性は苦笑した。

「まぁ、それは相手にもよると思うけど。世の中には星の数ほど男はいるわけだし。ちなみに君は一度も彼氏がいたことはないの？」

「あります」

楓は不機嫌に答えた。

高校を卒業するまで、恋愛からは意識して遠ざかっていた。地元の男性は、父と同じような価値観を持っていると思っていたからだ。

だからはじめて彼氏ができたのは、東京に出てきてから。大学三年生の時だった。相手は同じサークルの同級生で、告白を受けた時点で男性として惹《ひ》かれていたわけではない。それでも付き合おうと思った決め手は、優しい人だったからということと、東京生まれの東京育ちの人だったということである。都会育ちの彼ならば、きっと男女関係なく対等な関係が築けると思ったのだ。

でもその期待はあっけなく裏切られた。きっかけは、同時期にはじまった就職活動である。

奨学金の返済があり、なんとしても都内にとどまりたい楓は本気だった。就職に有利だと言われていた経理関係の資格はいくつか持っていたし、短期留学をした経験を活《い》かして、一部上場のグローバル企業に焦点を絞って就職活動をした。その甲斐《かい》あって三葉商船の内定を勝ち取ったわけだが、それに対して彼氏は難色を示した。

『彼女が、自分よりもいい会社に勤めてるなんてカッコ悪いよ』

そう言う彼は、中規模の外食チェーンに内定をもらっていた。どうしてそんなことを言うのだと困惑する楓に、彼はさらに追い討ちをかけるようなことを言った。

『俺の会社、転勤も多いんだ。いずれ結婚したらついてきてもらうことになるし……。いつでも俺をサポートできるくらいの仕事がいいんじゃないかな？　三葉商船はちょっと本気すぎて……』

就職活動で忙しく、ろくに愛を育んでもいない彼氏から結婚という言葉が出たのにも驚いたが、それよりもなによりも、まるで父のような言葉を彼が口にしたことがショックだった。

その彼には、その場で別れを告げた。そして楓は、男性という生き物にすっかり絶望してしまったのである。もちろん、友人や上司、同僚としての付き合いであれば問題はない。でもパートナーとして生涯を共にする気には、この先もずっとなれそうにない。

「……で、手を繋ぐこともこともなく終りました」

楓が話を締めくくると、男性が口を開いた。

「それは災難だったね。まぁでもそれは、相手が悪かったとも思うが」

「そうでしょうか？」

楓は口を尖《とが》らせた。

「でも結婚した友人たちも最近は会えば愚痴ばかりです。夫が家事をしてくれないとか、口うるさい義理のお母さんからかばってくれないとか。中にはお前は嫁なんだから俺のやり方に従うのが当然だなんて言われた子もいるんですよ。どうしてそんな思いをしてまで、皆結婚するんだろう？」

会話の相手だって男性なのだということも忘れて、楓は頬を膨らませた。

「結婚して一緒に暮らすなら、お互いに歩み寄る必要があるのはわかります。話し合ってそうするのならいいと思います。でもたいていの男性は、女性が合わせるのが当然と思っているんです。それが私は許せない。私、絶対に結婚なんてしない」

「男が皆そうというわけではないよ」

男性の言葉も耳に入らなかった。

「もう私、結婚しなくても自立して楽しく生きていければそれでいいです。以前は、海外で生活をして理解のあるパートナーが見つかればと思っていた時期もあったけど、それももう無理そうだし。うちの会社は海外に支社があるけど、私は経理だから海外に行くことはなさそうだし」

最後はほとんど独り言のようにそう言って、楓はため息をつく。男性が、その言葉に反応する。

「……君は経理課なのか？」

「はい」

ミネラルウォーターを飲み干して答えると、男性が頷いた。

「経理か、なるほどやりがいのある仕事だね」

その彼の反応を楓は少し意外に思う。楓が経理の仕事が好きだと言うと、たいていの人はきょとんとする。三葉商船といえば日本を代表するグローバル企業のひとつだから、海外事業部といった華やかな仕事をしているると予想するのだろう。無知で失礼な親戚連中からは『留学までしたのに経理の仕事？　落ちこぼれちゃったのか』とまで言われる始末だった。

「そんな風に言ってもらえるのは珍しいです」

自然と声が弾んだ。

「そうなんです、経理はやりがいのある仕事なんです。でも地味なイメージだから、なかなかわかってもらえなくて。やっぱり、海外事業部とか、法人営業部とかの方がカッコよく思えるんでしょうね」

「一般的なイメージは仕方がないが、実際はそんなことはないだろう。経理は会社の要だ。たいていは信頼できる優秀な社員を配置する。君は会社から信頼されているんだよ」

男性はそう言ってナッツを口に入れる。

楓の口元に笑みが浮かんだ。その日会ったばかりの相手に対するお世辞だとしても、嬉《うれ》しかった。

男性も楓に合わせるようににっこりと笑ってから、「ただ」と言って首を傾げた。

「海外へ行けば、パートナーが見つかるという考えは安易だろう。もちろんそういう可能性はあるだろうが、欧米でも、日本よりも保守的な地域もある。昨日まで私がいたロンドンでも、同じような問題で悩んでいる部下がいた」

「そうなんですね……」

だったらますます望みはないと楓は思う。やはり結婚は諦めて仕事に邁進《まいしん》しよう。少なくとも男性よりは仕事の方が信用できる。そんなことを考えていると、男性が楓の好みを確認してから、新たなカクテルを注文した。

しばらくして出てきたカクテルは、爽《さわ》やかな飲み口とほどよい甘さが美味しかった。なるほど、直前までロンドンにいたというならば、このようなスマートな振る舞いも納得だ。

男性がウイスキーをひと口飲み、グラスをカウンターへ置いた。

「結婚しなくても自立して楽しく生きられればそれでいい。君の考えには賛成だ。無理にパートナーを見つける必要はないだろう。ロンドンの部下にも同じように伝えたよ」

男性の言葉に楓の心は軽くなった。たとえ見ず知らずの相手でも自分の考えを肯定してもらえたのが嬉しかった。

やりがいのある仕事と、自由な生活、今の暮らしに楓は心から満足している。

　でもその時、カウンターの上に置きっぱなしになっていた携帯が震えて、また現実に引き戻された気持ちになる。父からの着信だったからだ。

　どうやら父は話し合いを放り出して帰ってしまった楓に、怒り心頭のようだ。昼間から何度も着信がある。

　楓は眉間に皺《しわ》を寄せて携帯の電源を切った。

「でもそれを両親に納得してもらうのは至難の技です。このまま無視し続けたら東京まで来ちゃうんじゃないかな」

　かといって電話に出てなにが変わるというわけでもなさそうだが。

「縁を切りたいくらいですが、実際にはそんなに簡単にはいかないし……」

　男性が楓の携帯をチラリと見て「まぁ、そうだろうね」と頷いた。

「あーあ」

　楓はカウンターに突っ伏した。

「やっぱり夫代行サービスに頼むしかないのかな……」

「夫代行サービス？」

「家事代行サービスみたいなやつですよ。必要な時に夫のふりをしてくれるサービスです。でも高いし短時間なんで両親を騙《だま》すことはできなそうなんですよね……」

ここ最近本気で気になっていて、実際にネットで検索したこともある。似たようなサービスはいくつかあるが、どれも他人向けに一時的に夫のふりをしてくれるというもので、実の両親に対して長期間にわたって騙すというのには不向きだった。

男性が噴き出した。

「君、面白いこと言うね。そんなサービスがあるんだ」

ナッツを摘んだ手をそのままにくっくっと肩を揺らしている。

楓は頬を膨らませた。

「切実なんですよ。未婚に対する風あたりは、男性よりも女性の方がはるかにきついんですから。……あーあ、養ってくれなくても、一緒にいてくれなくてもいいから、対外的な夫を演じてくれる人、どこかにいないかな」

「対外的な夫か……。だが長期間にわたって夫のふりをするなら私生活も犠牲になるし、ビジネスとしてはなかなか……でもそうだな……」

男性はそう言って、視線を落としなにやら考え込んでいる。そしていいことを思いついたというように楓を見た。

「ビジネスとしては成り立たない。だが男の方にも同じような事情あれば、夫婦として成り立つんじゃないかな」

「同じような？」

「つまり形だけの妻が欲しいというような」

「まぁ、そうでしょうね」

カクテルをひと口飲んで楓が頷くと、男性が少し身を乗り出した。

「女性ほどではないかもしれないが、男もある年齢になると周りがうるさくなるものだ。現に私もそろそろ耐えられなくなってきた」

「え？　あなたみたいな方もですか？」

半信半疑で楓は尋ねる。頭のてっぺんから爪の先まで完璧に見えるこの紳士が、独身だということが意外だった。でもそれが本当なら、周りは放ってはおかないだろう。やいやいうるさく言うはずだ。

男性が肩をすくめた。

「ああ。だからその夫代行サービスには興味をそそられたよ。確かにいいサービスだ。だったら、私と君が結婚すればいいと思わないか？　見事に利害が一致する」

真面目な顔をして冗談を言う男性に、楓はぷっと噴き出した。

「それいいかも……！　ふふふ、あなたみたいなちゃんとした方なら、うちの両親も黙るだろうな。お願いしちゃおうかな」

彼の冗談に乗っかってそんなことを言いながら楓はカクテルを飲む。さっきのむしゃくしゃした気持ちが嘘《うそ》みたいに、いい気分だった。

美味しいカクテルとオードブル、愚痴を聞いてもらったことで気が晴れたのだろう。聞き上手な通りすがりの紳士に感謝だ。

「ぜひお願いしたいです」

「じゃあ決まりだな」

彼のジョークに楓が笑ったことに満足したのだろう。男性が嬉しそうに微笑んだ。そしてなにかに気がついたようにスーツの胸ポケットに手を入れる。携帯が振動したようだ。男性は画面を確認してから、グラスを置いて立ち上がった。

「時間だ。私はそろそろ行かなくてはならない。君は？」

「もう少し飲んでから帰ります」

カクテルも、オードブルもまだ半分ほど残っている。さっきのようにやけになって飲み明かそうという気分ではもはやない。ただ、ちゃんと楽しんで帰りたかった。

「飲みすぎには注意だよ」

「はい。話を聞いてくださってありがとうございました」

はっきりと答えると男性が納得したように頷いて「じゃあまた」と告げ、会計を済ませて出ていった。どうやら楓の分の支払いも済ませていってくれたようだ。最後までスマートな人だ。

BARでたまたま一緒になったという特殊な状況でなければ、普段の楓なら関わることのないタイプの男性だ。見た目が素敵なだけでなく、着ているものや振る舞いも、どこか別の世界の人のようだった。

なんにせよ、彼のおかげで少し気分が晴れたのだ。しかもその上、ご馳走《ちそう》までしてもらったのだから、ありがたい、ラッキーな出来事だ。

さっきまでは、今年はきっと最悪の一年になるだろうなんて思っていたが、案外そうでもないのかもしれない。そんなことを考えて楓はクラッカーをかじった。

BARで話をした紳士と再会したのは、二日後の一月六日のことだった。

三葉商船では毎年仕事はじめに全社員に向けて社長が中継で挨拶をする。そこで新しい副社長が就任するとの発表があった。

新副社長は、海外事業部部長から昇格した三葉和樹。現社長、三葉和良《かずよし》のひとり息子だ。

三葉和樹はここ数年は全世界に散らばる三葉商船の海外支社を転々としていた人物

で、本社ではあまり馴染《なじ》みはないが、これからは日本を拠点に指揮を執るという。事実上の後継者指名だ。

モニター画面の中で、全社員に向かって挨拶をする三葉和樹の姿に、平静を装いながら楓は密かに度肝を抜かれていた。二日前に、BARで話をしたあの男性だったからだ。

社長の息子である三葉和樹の存在自体は知っていた。でも顔を見たことはなかったし、あの時も互いに名乗らなかったから、まったく気がつかなかったのだ。

平静を装いながら楓は内心ビクビクしていた。

一般社員の楓からしてみれば、彼は雲の上の存在だ。そんな相手に自分の抱えている事情を洗いざらいぶちまけたのだから。しかも社名と所属部署まで口走ってしまったような……。唯一の救いは、会社の愚痴は言わなかったことだろう。

そうこうしているうちに放送が終わりモニターが消える。その場がざわざわとしはじめた。皆さっきの発表について、なにか言わなくては気が済まないといった様子だ。

年齢の高い層の社員はやや複雑そうな表情だ。三十五歳の和樹が本社の指揮を執ることに不安を覚えているのだろう。ここ数年、海外にいた彼の実力について知る者は少ない。

　一方で若い女性社員たちの反応は――。

「新しい副社長！　すっごくカッコよかったですね、楓さん！　さすがロンドン帰り、話し方が優雅だった～！」

　後輩の水谷亜美《みずたにあみ》が興奮して声をあげる。仕事中にしては、はしゃぎすぎにも思えるが、特に注目を集めているわけでもない。あちらこちらで同じような声があがっているからだ。

「そ、そうだったね」

　楓はそう答えるのが精一杯だった。

「なんか意味もなくワクワクしちゃいます。これからは本社にいらっしゃるって話だし。まぁでも実際は、仕事でも関わることはないし、お話しする機会もないんだろうけど。ね？　楓さん」

「そ、そうだね……」

　まさかすでにBARで一緒にお酒を飲みました、とも言えずに楓は答えて席に座る。つられて隣の席に腰を下ろした亜美が、声を一段落とした。

「きっと今頃秘書室は、大騒ぎですよ」

「秘書室が？」

「そうです！　誰があの副社長の担当になるか？ってバチバチしてるんじゃないでしょうか。なんといっても名門三葉家の御曹司ですからね。独身だし、うまくいったら社長夫人になれるんです。もう〝美の軍団〟たちも仕事どころじゃないですよ」

完全に面白がって、そんなことを言っている。彼女はゴシップ好きなのだ。いつも社内の情報をいち早く仕入れて、雑談代わりに楓に教えてくれる。

秘書室は社内で密かに〝美の軍団〟と呼ばれている。その名の通り、美人が多いからである。

グローバル企業である三葉商船の秘書室は、役員のスケジュール管理をしていればいいというものではない。上司に代わり海外の要人とやり取りする機会も多いため、社交性と外国語でのコミュニケーション能力は必須だし、他の課とは比べものにならないくらい身だしなみにも気をつけなくてはならないのだ。

関連会社の役員や、関係者の息子と結婚する者もいたりして、社内ではいつもなにかと話題にのぼる課である。若くて美しい女性が多い分、いつもお互いをライバル視していて人間関係がギスギスしているという噂《うわさ》だ。確かにそんな中に、あの副社長が入れば一波乱ありそうだ。

「面白いことになりそう」

パソコンの画面を見ながら亜美は忍び笑いをしている。

気まずい思いで楓もパソコンを立ち上げた。まずはメールのチェックから。でもいつものようにすぐに意識が仕事に切り替わらなかった。二日前の出来事がどうにも気にかかる。

……失礼な振る舞いはなかったように思うけれど。

彼の方は、途中で楓が自社の社員と気がついたはずだ。就職活動のくだりで楓は会社名を口にした。その場で彼が名乗らなかったのは楓に気まずい思いをさせないため。ならこの件は彼にとって取るに足らない出来事だったのだろう。

楓はそう納得して、一応は安心する。

どのみち、顔を合わせることもないだろうし……。

その時。

「須之内くん」

苗字を呼ばれて、楓は顔を上げた。

「ちょっといいかな」

「はい」

経理課課長の飯田《いいだ》だった。困ったようにゲジゲジの眉を下げている。それだけでなにかトラブルがあったのだと楓は悟る。あるいは難しい案件が舞い込んだか。

隣でやり取りを聞いていた亜美も反応した。あうんの呼吸で、楓の机の上のまだ手をつけていない仕事に視線を送る。

「楓さん、それ私がやっておきます。楓さんは課長の方を」

経理課のチームワークは抜群で、互いに協力し合って動いている。飯田の案件が難しいものならば、それは楓が処理をして、他の人がヘルプに回るのが効率的だ。

「ありがとう」

礼を言って立ち上がると、ようやく完全に頭が仕事モードに切り替わった。


「それにしても年明けの午前中にしてはハードでしたねー」

昼休みの廊下を楓は亜美と一緒に歩いている。食堂でランチをとった帰りである。

飯田が持ってきた仕事は、午前中でなんとか見通しがついた。深刻なものではなかったが、確かに年明け一発目の仕事としてはやや重めの内容だった。

「ふふふ、さすが楓さん。あのトラブルを半日で終わらせちゃうなんて。私なら一日かかっちゃうな」

「亜美ちゃんが仕事を代わってくれたからよ。助かった」

「そんなのあたりまえですよ。それに私だけがやったわけじゃなくて、皆で少しずつ負担したんですから、なんてことないですよ」

そう言って亜美は肩をすくめた。

楓は、経理の仕事だけではなく経理課自体も好きだった。リーダーである飯田課長の穏やかな人柄もあってか、とにかくチームワークがいい。月末、年度末など修羅場と化す時期も協力し合って乗り越えている。多少のトラブルなんてなんともない。

そこで楓はＢＡＲでの和樹の言葉を思い出した。

経理は会社の要だと彼は言った。その通りだ。誰にでもできる仕事だなんて言う者もいるが、それはまったくの間違いで、専門的な知識が必要な場面も多かった。

「さあ、午後からの分もさっさと終わらせて、定時退社するぞー。年明け一日目なんだもん、残業なんてあり得ないですからね」

張り切る亜美に、楓が笑みを浮かべた時。

「水谷さん」

亜美を呼ぶ声にふたりして立ち止まる。

あちらもふたり連れの男性社員だった。首から下げている社員証には営業部とある。

「……あ、お疲れさまです」

少しテンションを落として亜美が答える。

「例の件、今月中になんとかならないかな」

男性社員が胸の前で拝むように手を合わせると、亜美が眉間に皺を寄せた。

「ダメですよ。締切過ぎちゃっていましたから、来月の振り込みになります」

「そこをなんとか」

「ダメですって」

どうやら経費精算について無理を言われているようだ。営業部の社員は比較的事務手続きを軽視しがちで、どこか事務系の部署を下に見る傾向にあるので、時々こういうことがあった。

「締切過ぎたって言ってもたった一日じゃんか。水谷さんの力でなんとか……」

お願いと言いながら、しつこい。

見かねて、楓は口を挟んだ。

「なんともなりません。諦めてください」

すると彼はこちらを見て、はじめて楓がいることに気がついたのだ、という表情になる。さすがに目には入っていただろうが、黒のタイトスカートに白いカットソー、紺色のカーディガンというどこからどう見ても地味な風貌《ふうぼう》の楓を、景色のように思っていたのだろう。その楓が毅然《きぜん》として彼の言葉を遮ったことに驚いていた。

「締切は、守るためにあるのです。一日だろうが一カ月だろうが、遅れたら意味がありません。来月には精算しますからそれまでお待ちください」

きっぱりと言い切ると、彼は渋い表情になった。眉を寄せて口を挟むなと言いたげだ。明らかに不快感をあらわにしているが、楓は気にならなかった。

さっきの口ぶりだとすでに何度か亜美には頼んでいたようだから、彼女が断ったとしても簡単には引き下がらないだろう。ここできっぱりと望みはないと言っておくべきだ。

「だけど今回結構な金額なんだ」

男性社員が不満そうに口を開いた。

「いつもはちゃんとやってるんだから、今回くらい大目に見てくれてもいいだろう」

「あなたからしたらそうでしょうが、私たち経理課は何千人という社員を相手に仕事をしているのです。個別に対応していては業務が進まないし、ミスも発生します。それに〝今回だけ〟が許されたら、あなたはまた同じことが許されると思ってしまうのではないですか?」

理論的な言葉で楓は彼に冷静に意見する。

男性社員が不快そうに顔を歪《ゆが》めた。

「あのねぇ、俺たちは君たちよりも会社にとって大事な仕事をしてるんだよ？　それを……！」

でもそこで。

「おい、もうやめとけって、無駄だって。ほら彼女、噂の……」

気色ばみ、暴言を吐きかける社員をもうひとりの同僚が慌てて止める。男性が彼を見て口を閉じた。『噂の』の部分で、同僚がなにを言いたいのかがわかったようだ。

「ああ、鉄の女か」と吐き捨てるように言う。

「わかったよ、もう頼まないよ。失礼しました！」

やや投げやりに言って去っていった。

「助かりました、楓さん。あの人しつこくて」

亜美がホッと息を吐いた。そしてすぐに申し訳なさそうにする。

「でもそのせいで、楓さんには嫌な思いをさせてしまいましたよね。すみません……」

楓が〝鉄の女〟と言われたことだ。

経理課の仕事は大きく分けて二種類ある。対外的な資金関係の業務と、給与や経費精算など自社社員向けの業務だ。

後者に関してはシステム化を進めていて、極力個々の業務を圧迫しないようにしている。でも、どうしても社員たち自身に提出してもらわなくてはならないデータがあって、そういったものは、締切を守らない者、いい加減なものを出す者がいるのも事実だった。

三葉商船は巨大な企業だから、その不備に対応するのは大変で、これが長年、経理課の負担になっていた。今のような頼み事も頻繁だが、できないことはできない、ダメなものはダメだと突っぱねることも必要だ、というのが経理課の全社員の認識だ。

でも、それ自体が負担だと思う社員も多いのだ。あまりきつい態度でいると社内での人間関係に影響する。その点、楓はなんの心配もない。彼氏がいないどころか結婚も望んでいないのだ。他部署の社員の評判などを気にする必要はあまりない。いつも毅然とした態度で無理難題を断ることができるのだ。

そうしてついたあだ名は〝経理課の鉄の女〟。ほぼ悪口だが、少しも気にならなかった。間違ったことをしているわけではないし、業務がスムーズにいくならば、それでまったく問題ない。

「大丈夫」

亜美を安心させるように楓はにっこりと笑った。

「褒《ほ》め言葉だと思ってる」

べつに強がりでもなくそう言うと、亜美は安心したように笑った。

「実際、経理課内ではそうですよね」

こういったことに悩まされることがある経理課のメンバーたちには『さすが、鉄の女ですね、楓さん！』と好意的な意味で声をかけられることも多かった。

トイレに寄るという亜美と別れて自席に戻り、パソコンを開く。昼休みはまだもう少しあるが、午後の業務の確認をしておきたかった。亜美じゃないけれど、新年早々残業はしたくない。

すると社内専用チャットに新着メッセージが届いていることに気がついた。アイコンの名前を見てドキリとする。三葉和樹とあったからだ。

とっさに楓は席の周りを見回して、誰かに見られていないかと確認する。亜美はまだ帰ってきていないし、人もまばらだった。

ごくりと喉を鳴らして、メッセージを開く。

【本日の業務終了後、副社長室へ来てください】

その内容に、思わず楓はヒッと声をあげそうになってしまう。心臓がドキドキと嫌な音を立てはじめる。

BARで話をしたのが楓だとバレたのだ。でなければ、雲の上の存在で、業務上関わることなどない副社長に呼び出される理由がない。

午前中、一心不乱にトラブル処理をする間に、楓はBARの男性が副社長だったというショックから、ほとんど立ち直っていた。すっかりなかったことになっていたというのに、いったいどうして呼び出されたのだろう。

不安な思いでもう一度BARでの会話を思い出す。どう考えてもわざわざ呼び出されるほどのやり取りをしたとは思えない。

それでも、無視するわけにはいかなかった。

――そして午後六時半。

当初の目論み通り定時で仕事を終えた楓は、ひとり副社長室へ向かった。

会社のフロアマップで確認したところ、副社長室は最上階の役員フロアの奥から二番目のようだった。だが当然、直接行くわけにはいかず、秘書室を通さなくてはならない。新しく就任したばかりの副社長に、一社員がいったいなんの用なのだと思われるだろうことは明白だ。

楓は憂うつな気分でエレベーターに乗り込んだ。

最上階に着くと、そこは階下とはまったく違った世界が広がっていた。真紅の絨《じゅう》毯《たん》が敷き詰められた廊下に、ずらりと並ぶ重厚な木の扉。どうやらエレベーターを降りてすぐのところが秘書室のようだ。ドアの向こうからかすかに人の声がする。

「失礼します」

恐る恐るドアを開けると、中にいた秘書たちが静まり返った。そのまま所属部署と名前、副社長から呼び出された旨を伝えると、美の軍団は皆眉を寄せ怪《け》訝《げん》な表情でこちらに注目をする。この女がなぜ副社長に呼び出されたのだろうと思っているのは明らかだ。

「お伺いしております」

栗色《くりいろ》の髪をふわりとカールさせたベージュのスーツを着た女性が立ち上がった。

「副社長の第二秘書をしております、黒柳《くろやなぎ》です。私が、ご案内いたします」

どこか険のある言い方でそう言って、楓を廊下へ出るよう促した。そしてそのまま楓の前を早足で歩いていく。おそらく楓が社外からの来客だったらそんな対応はしないはずだ。歩調を合わせて、にこやかに案内するのだろう。

「こちらです」

彼女は、副社長室の前で立ち止まり扉をノックした。

「副社長、須之内さんが来られました」

中に入ると、中央のデスクで資料を読んでいた男性が顔を上げる。楓の胸がドキリと鳴った。少し癖《くせ》のある黒い髪と切れ長の綺麗な目、高い鼻梁《びりょう》の精悍《せいかん》な顔つき。やはりBARで会った男性に間違いない。

彼は頷いて、秘書の黒柳に向かって口を開いた。

「ありがとう。黒柳さん、君はもう上がっていいよ。私の予定はもうないし、彼女との話は少し時間がかかるかもしれないから」

その言葉に黒柳は驚いたように目を開き、チラリと楓に視線を送る。『少し時間がかかる』と言われたことに戸惑っているようだった。楓と彼がどのような話をするのか気になって仕方がないのだろう。あなたはいったい彼のなんなのだと探るような目で楓を見る。

楓はさりげなく目を逸《そ》らした。

副社長と自分は、少し話をしたことがあるだけの無関係な関係だ。なぜ呼び出されたのか楓自身にもわからない。

黒柳が和樹に視線を戻した。

「でも私、副社長の帰りのお車の手配をしなくてはなりませんので」

「いや今日は自分で帰るから大丈夫。ありがとう、お疲れさま」

黒柳がしぶしぶといった様子で頷いて、部屋を出ていった。ドアが閉まると同時に和樹が立ち上がり、楓を部屋の一角にある応接スペースへと促した。

落ち着かない気持ちで腰を下ろすと、彼は向かい合わせに座りフッと笑う。BARで話した相手が副社長だということに戸惑う楓をどこか面白がっているようだった。

そして、そのままあの日の続きのように話しはじめた。

「あの日は、無事に帰れたかな?」

もはや逃げも隠れもできない状況に、楓は覚悟を決めて頷いた。

「はい。あのカクテルを飲んだらすぐに帰宅しました。ご馳走さまでした。心配して声をかけてくださったんですよね」

「ああ、場に慣れていないだけじゃなくて少しやけになっているようだったからね。あまり目つきのよくない男数人が、チラチラ君を見ていたのも気になって」

なんて親切な人なのだろうと楓は思う。しかも彼は楓の話を聞き、最後に会計までしてくれたのだ。

「それなのに、途中で退席して申し訳なかった。あの後、人と会うことになっていてね。男たちは帰っていたし、君もずいぶんしっかりしたようだから大丈夫そうだと思ったんだが」

そこで楓はようやく呼び出された理由に思いあたる。その後楓が無事に帰れたかを確認したかったのだ。

「はい、まだ人通りのあるうちに帰りましたので、大丈夫でした。ご心配をおかけしました」

恐縮して頭を下げると、和樹が首を横に振った。

「いや、大丈夫。私にとっても有意義な時間だったよ」

「そうですか。私も話を聞いていただけて、ありがたかったです。愚痴を言うのはあまり好きではありませんが、あの日はそうせずにいられない気分でしたから。まさか、お相手が副社長だとは思いませんでしたが」

和樹がやや申し訳なさそうにした。

「驚かせて申し訳なかった。私の方は君の思い出話を聞いた時に、自社の社員だと気がついた。すぐに名乗るべきだったんだが、なにしろ時間がなかったから」

「いえ、それはべつに……」

答えながら、楓は彼の言葉を少し意外に思っていた。あの時間は一期一会だったはず。楓の方は成り行き上、会社名を明かしたが、互いに名乗る必要はなかった。

「君の名前も聞けていなかったが、まぁ経理課だということまでわかっていれば、後からいくらでも連絡はつく。社員名簿には写真も入っているからね」

確かに、三葉商船のデータ化された社員名簿で検索すれば、探しあてることは簡単だ。でもそれも、楓にとって意外な言葉だった。

なぜ後から連絡を取る必要があるのだろう？

思わず「連絡を？」と呟《つぶや》いてしまう。

和樹が頷いた。

「ああ、あの話を進めるために」

「あの話……？」

まったくわけがわからなかった。

首を傾げたまま固まっていると、和樹が説明をする。

「夫代行サービスの件だ。君と私は結婚するという話になったじゃないか。対外的に夫と妻のふりをするために。今日は細かいところを詰めようと思ってね」

「おっ……！　えっ、ええ⁉」

信じられないことを言う和樹に、楓は大きな声をあげてのけぞるほど驚いた。

「あ、あれ、本気だったんですか⁉」

「もちろん本気だ。決まりだと言っただろう」

平然として答える和樹に、楓は目を剥《む》いた。

だってあれは酒の席での冗談だ。それ以上でもそれ以下でもない。

「君は、養ってくれなくても一緒にいてくれなくてもいいから、夫のふりをしてくれる人がいればいいのにと言った。私が『私と君が結婚すればいい』と言うと、『ぜひお願いしたいです』と嬉しそうに答えていたじゃないか。覚えてないほど酔っ払っていたとは思えないが」

「そ、それはもちろん、覚えています。で、で、ですが私は……」

冗談のつもりだった。

むしろ冗談でなくてはあんなことは言わない。

和樹が眉を寄せた。

「まさか、本気ではなかったということか？」

その問いかけに楓はこくこくと頷いた。

和樹が難しい顔になって腕を組む。その表情には、明らかに不快感が滲んでいた。

就任直後の役員を怒らせてしまっている。非常にまずい状況だ。

でもこの場合は仕方がないのだと、楓は自分自身に言い聞かせた。このままでは、ほとんど初対面の人と結婚することになってしまう。

「も、申し訳ありません……」

楓が謝罪すると、和樹はまたため息をついて目を閉じる。そして目を開けて楓をジッと見た。

「須之内楓、二十七歳、経理部経理課所属。仕事の速さと正確さで上司からの評価は高く、同僚たちからの信頼も厚い。規則に厳しく、他部署からの無理難題はきっぱりと撥《は》ねつけるため、一部の社員からは鉄の女と呼ばれている」

突然、楓のプロフィール的なものをとうとうと語りだした彼に、楓は唖然としてしまう。

和樹が言葉を切り、眉を上げた。

「あだ名の件が不快だったら謝るよ。経理課内では褒め言葉だと聞いたのだが」

「も、問題ありません……」

戸惑いながら楓は答える。なんだか彼の雰囲気がさっきまでとは変わった気がする。

和樹が頷いてから、どこか馬鹿にしたように楓を見た。

「だが優秀で規則に厳しいという評判は間違いのようだ。二日前に自ら約束したことも簡単に反故《ほご》にするのだから。あるいは他人に厳しく自分には甘いタイプなのか」

挑発的な物言いにムッとして、楓は相手が上司だということも忘れて言い返す。

「そ、そんなことは……！　た、確かに私はあの時、結婚しようと言いました。ですがそれを本気にする方がどうかと思います。お酒の席ですし、それに……だって結婚ですよ？」

会社で積み上げてきた実績と、ＢＡＲでの戯言《ざれごと》を一緒にされてはたまらない。

「結婚相手をそんなに簡単に決める方がおかしいと思います」

そっちが非常識なのだと指摘する。

和樹がニヤリとした。

「なるほど、君は男は信用できないから結婚などしないと言いながら、その実、結婚への夢を捨てきれていないようだ」

「なっ……！」

彼からの思いがけない切り返しに楓の頬が熱くなった。

「そ、そんなことありません！　私、結婚に夢なんて見てませんから！」

「どうだか」

和樹は首を傾げた。

「結婚は愛し合ってするものだという夢を見てるから、簡単に決められないなどと言うんだろう」

その言葉に楓はぐっと詰まる。確かにそうかもしれない。短時間で相手のこともよく知らないのに決められないと思うのは、結婚とは情というものを通い合わせるべきだという考えがあるからかもしれない。

真の仮面夫婦ならば、その必要はまったくない。

和樹が身を乗り出した。

「いいか？　これは結婚ではなく契約だ。夫代行サービスだと君が言ったんじゃないか。それともなにか？　君は車を買う時に、営業社員との相性まで見極めるとでもいうのか？」

からかうように尋ねられても、答えられなかった。

「私だって生涯を共にする相手を選ぶというならば、こんなにすぐに決めたりはしない。だが取引ならば話は別だ。むしろ、タイミングを間違えず、チャンスを逃さないのはビジネスの鉄則だ。どんなに巨額の取引でも自分側にメリットがあり、相手が信用できるならば、即決することもある」

「……副社長は、私を契約の相手として信用できるとお思いになったというわけですか？　あの短時間で？」

悔し紛れにそう問いかけると、意外にも彼は素直に頷いた。

「ああ、そうだ」

そして楓をまっすぐに見た。

「まず君が抱えている込み入った事情。少々複雑だが君は酒が入っているにもかかわらず、簡潔に無駄なく話をした。前知識などまったくない私が一度ですんなりと理解できるくらいにね。頭のいい女性だと思ったよ」

意外なくらい褒められて、楓は面くらう。あの夜は、むしゃくしゃした気持ちを吐き出すように話をした。彼の方はあまり口を挟むことなく聞いていたが、そんなことを考えていたのか。

「次にその困難な状況に対して君がしてきたことだ。君は自らが置かれている苦境に屈することなくやれることをやってきた。我が社の採用試験は狭き門だ。経済的な負担を背負いながら突破するのは容易ではない。その反骨精神は目を見張るものがある」

楓は驚いて目を見開く。

実家から出るために楓がやってきたことを褒められたのははじめてだ。両親からはネガティブな反応しかなかったし、友人たちには詳しく話をしていない。

「最後に決め手となったのは、君の男に対する諦めが本物だと感じたことだ。偽装結婚しておきながら、好きになられたのでは意味がないからね。たいていの女性は、私が声をかけるとそわそわするものだ。どうにかして連絡先を聞き出そうとする者も少なくはない。だが君は話をしている間、一貫して私自身には興味を示さなかった。……以上が私が君を契約相手として相応《ふさわ》しいと判断した理由だ」

なにか問題でも？ というかのように彼は眉を上げて口を閉じた。

その態度に、楓は開いた口が塞《ふさ》がらない。

なんて高慢《こうまん》な人なのだ。自分の容姿が女性を惹きつけるということをよく知っているだけでなく、平然と口にできるなんて。

とはいえ話の筋は通っていた。確かにこの件、結婚ではなく契約だと見るならば彼の言うことが正しいような気がする。

和樹がにっこりと微笑んだ。

「ではもう一度、この契約のメリットを確認しよう。君が私と結婚すれば、私は君のご両親が納得する完璧な夫を演じてみせる。……あれからお父さまからの連絡は？」

「まだあります。無視していますけど」

あの日から二日間経つが、断続的に着信がある。おそらくは父から言われたであろう母からも。

和樹が、予想通りというように頷いた。

「私と結婚すれば、君はそういった悩みから完全に解放されて、静かで穏やかな生活を手に入れられる。仕事にも集中できるだろう。さらにもうひとつ、君が気がついていないメリットがある。君は、今社員寮に入っているね？」

「え？　あ……はい」

三葉商船の社員寮は、会社から近い一等地にあり築浅なのに寮費は割安、奨学金を抱える楓にとってはありがたい存在だ。

「だが、あそこは入社五年目までの社員しか入れない規定じゃなかったかな？」

その通りだった。楓は入社五年目だから、あと三カ月で出ていかなくてはならない。

「同じような条件の部屋は見つかりそう？」

「いえ……。それが、まだ」

そんなの見つかるわけがなかった。家賃補助を足しても、住環境は数段落ちることが確実だ。それは仕方がないとしても金銭的な負担が増えるのはつらかった。寮費が安く済むおかげで、奨学金の返済はここ数年ずっと繰り上げ返済できていたのだから。けれどおそらく今後は難しい。一生結婚せずにひとりで生きていくと決めている楓は、貯金もしなくてはならないのに。

そんな楓の事情などはお見通しであろう和樹が、たたみかけた。

「私と結婚すればその問題も解決できる。私の家はここから車で十五分の距離にある一軒家だ。豪華な造りではないが、海外のゲストが泊まれるようバス・トイレ付きのゲストルームが別棟にあってね、そこに住んでもらってかまわない。キッチンだけはひとつだが、私は家では食事をしないし、そもそもほとんど家にいないから、それほど気を遣わなくていい。もちろん家賃はただ」

「家賃がただ……」

楓は呟いた。もう今すぐに頷いてしまいそうなくらい魅力的な話だった。夫代行サービスの費用がかからないだけでなく、新しく住む場所が見つかって家賃までただになるのだから。豪華な造りではないと彼は言うが、バス・トイレ付きのゲストルームが別棟にあるというだけで普通の社員が住める家ではないことは確実だ。今よりも環境がぐんと上がる。

「金銭的な負担のないルームシェアだと思ってくれていい。もちろん対外的には私の妻を演じてもらう必要はあるが、それほど難しいことではない。年に数回数時間だけ私の両親と食事をしてもらうことと、どうしても断れない妻同伴のパーティに出席してもらうくらいかな」

そのくらいなんてことないと楓は思う。それで、今の生活を守れるのなら……。しかも奨学金の繰上げ返済と、貯金のペースも上げられる。こんなに魅力的な契約はないように思えた。

「考えるまでもないんじゃないか？」

そう言って和樹が満足そうに微笑んだ。楓がその気になりかけているのは想定の範囲内なのだろう。

思わず『そうですね』と頷きそうになって、彼の目を見てハッとする。

確かに、メリットのあるいい話だ。でもだからこそ、なんだか少し怖かった。だってどう考えても話がうますぎる。

和樹は楓に決断を迫るように余裕の笑みを浮かべている。この彼の態度も気に入らなかった。はじめの紳士的な顔とはまるで違う。おそらく商談の場などで一筋縄ではいかない相手と渡り合う際に見せる、ビジネス向けの顔なのだろう。

ずらりとメリットだけを並べて楓の中から冷静な思考を奪い、決断させようとしている。一見親切なふりをして。

その手には乗るものかと思い、楓は彼に向かって口を開いた。

「確かに、副社長がおっしゃる通りこの話を結婚ではなく契約だと捉えるなら私にとってはメリットのあるいい話です。ですがまだ決断はできません」

そう言って彼をジッと見つめる。目上の相手だからといって遠慮してはいけない。契約をするならば、今は対等な関係だ。

和樹がわずかに頷いて話の続きを促した。

「先ほど副社長は、私が信用できる相手だから契約を決めたとおっしゃいました。ですが私にとって副社長はまだそうではありませんから」

和樹が眉を寄せた。

「ただより高いものはないと言います。副社長はどうしてそこまでして私と結婚しようとするのですか？」

「私の方も独身だということで両親を含む周りからうるさく言われている。その声を抑えたいと先日言ったはずだが」

確かに彼はBARでそう言っていた。でもそれで楓は納得できなかった。

「副社長ほどの方が周りからの声をそれほど気にするようには思えません。そもそもどうして結婚しないのですか？　私と違って、結婚を嫌がる必要はなさそうなのに。副社長がその気になれば相手はすぐに見つかりそうですが」

思いつくままに疑問を口にすると、彼はますます険しい表情になった。言いすぎだという考えが頭をよぎる。けれど口は止まらなかった。

「この結婚、私側のメリットに対して、副社長のメリットがあまりないように思います。それなのに、私を丸め込んでまで結婚しようとする副社長のことを私は信用できません！」

言い切って彼を見る。ややきつい言い方になってしまったが、これは楓にとっての処世術だ。実家に頼らず結婚せずにひとりで生きていくためには、うまい話に騙されないようにしなくてはならない。

和樹は険しい表情のままソファに肘をついて思案している。その様子に楓は叱られることを覚悟するが、意外なことに次の瞬間、彼はフッと笑った。

「なるほど。君は本当に賢いな」

唇に手をあてて、また考えている。そして楓に聞こえるか聞こえないかの小さな声で呟いた。

「まぁプライベートをさらけ出すのはお互いさまか」

「……え？」

楓が首を傾げると、彼はソファに身を沈めた。そして一段低い声で話しはじめた。

「俺も君と同じだ。結婚など一生するつもりはない。誰かと生涯を共にするなんて、はそれは男を信用できないと言ったが、俺からしてみればそれはこちら側のセリフだ。女性は、信用できない」

突然、毒を吐きはじめた和樹に楓は目を見開いた。さっきまでとはガラリと雰囲気が変わったように思うのは、気のせいではないだろう。ＢＡＲで会った時の紳士的な彼とはまるで別人のようだった。

「打算的で贅沢好きで、男をステータスでしか見ていない。あるいは、やたらと男に依存して相手に入れ込み、誰彼かまわず嫉妬《しっと》する。俺が知る限り、女性はこのふたつのパターンのどちらかだ」

そう言って彼は冷めた目で楓を見る。まるで楓がそうなのだといわんばかりだった。

あまりにも極端な見解に楓は思わず口を挟んだ。

「それは相手によると思います。この世の中には星の数ほど女性はいるわけですし」

なんだかどこかで聞いたことのあるセリフだなと思いながら。

つまり彼は楓と同じ異性不信ということか。

「もしかして副社長も、あまり女性と付き合ったご経験がないのですか？　世の中にはそうじゃない女性もいて……」

なにがあったか知らないが、決めつけない方がいいと言いかける楓の言葉を、和樹が鼻で笑って遮った。

「まさか、経験なら山ほどあるよ。……君じゃあるまいし」

「なっ……！」

失礼な答えに楓は言葉に詰まった。

「俺は君みたいに想像だけで決めつけているわけじゃない。女性とは嫌というほど付き合った。実際の経験に基づく統計の結果だ」

馬鹿にしたように言う彼に、楓はムッとした。

「……じゃあ、独身を貫けばいいじゃないですか。副社長ならなにを言われようと平気なように思えますが」

穏やかな紳士の顔、ビジネス向けの有能な顔、そして失礼極まりない今の顔、三つの顔を使い分けているようだが、おそらく今の顔が本当の彼なのだ。この男が周りからの声を気にするようには思えなかった。

「ご両親に逆らえないわけでもなさそうだし」

直接話をしたことはもちろんないが、現社長は穏やかな人物として知られている。

和樹がその通りだというように頷いた。

「早く結婚しろと両親は言うが、それはそれほど問題ではない。それよりも俺は、既婚者のステータスが欲しいんだ」

「既婚者のステータス？」

「そう」

彼はややうんざりしたような表情になった。

「……たとえばさっき君を案内してきた第二秘書」

そう言って彼は入口に視線を送る。

楓はさっきそこから出ていった黒柳を思い出した。

「……彼女は今日一日、社内チャットで済むような用事を、直接部屋へ来て伝えることが何度かあった」

おそらくは、彼と話をしたかったからだろう。

「それから、帰国してから取引先からの見合いの話がすでに三件入っている」

「え？　もうですか？」

思わず楓は聞き返した。

確か彼が帰国したのは三日くらい前のはず。それなのにもう見合いの話があるなんて、驚きだった。

和樹がため息をついた。

「俺の周りはいつもこんな感じだ」

心底うんざりしたように言う。独身でいることで周りがうるさいというのは本当のようだ。

「でも副社長なら、そのくらいうまく渡り歩いていけそうですが。経験はおありのようですし」

嫌みを込めて楓は言う。さっき『君じゃあるまいし』と言われたことを根に持っているのだ。

和樹が肩をすくめて「まあね」と言った。

「だが今だけは、そういったことに煩わされたくないんだよ。……ここから数年が俺にとって正念場だ。会社にとっても」

「正念場……」

「そうだ」

和樹が身体を起こした。

「今日の人事発表で、俺は後継者として指名された。だがそれで万々歳というわけじゃない。将来にわたって会社を率いていく盤石な体制を作るには、指名されただけではダメだからな。社員に信頼されて対外的にも実力を認められる必要がある」

楓は今朝の発表後、複雑そうな顔をしていた社員たちを思い出していた。どんなに巨大な企業でも代替わりに失敗して傾くことはある。

「縁談や女性からのアプローチをかわすことは普段の俺なら容易《たやす》いが、避ける方法があるならいくら払ってでも避けたいというのが今の本音だ。だからこそ夫代行サービスという君の話は渡りに船だった。これが俺が君との結婚を望む本当のメリットだ」

そう言って彼は両手を広げて楓に見せる。これが本音で、もうなにも隠していることはないという意味だろう。

紳士のふりをやめてその本音をさらけ出して生きていけば、今よりも女性の人気は落ちるに違いない。問題はすぐに解決しそうなのに、と思いながらも楓はそれで納得した。

つまりは今だけは優先すべきことに全力で打ち込みたい、そのためには手段は選ばないということだ。

ここまでの話を聞いて、楓はこの話、前向きに考えてみようかという気になっていた。異性からのアプローチを避けたいがために結婚するなんて、楓の感覚からすればあり得ないが、なにに重きをおくかは人それぞれだ。

「ついでだから、デメリットについても話をしておこう」

和樹が口を開いた。

「俺と君の結婚は世間に向けて大々的に発表する。そうしなくては俺の目的が達成されないからね。だがそれによって君は……もちろん、今の部署で引き続き働いてもらってかまわないが、少々複雑な立場に立たされる。場合によっては、不快な思いをすることもあるだろう」

やっかみ、嫉妬、嫉《そね》みの対象になることが予想されるということだ。

当然だ。地味な経理課の一社員から将来の社長夫人というポジションになるのだから。しかも抜群のビジュアルで女性社員から注目を集めている彼が相手なのだ。ただ羨ましいと言われるだけでは済まないだろう。

「もちろんこちらでも策は講じるから、ひどければ気軽に相談してくれてかまわない。だがすべてを完全に未然に防ぐことは不可能だ」

頭をフル回転させながら、楓はその話を聞いていた。その状況、確かにうっとうしそうだが、両親からの〝結婚しろ、さもなければ田舎へ帰ってこい攻撃〟に比べればそれほど問題ではない気がした。

そもそも楓はすでに社内で鉄の女と呼ばれていてお世辞にも好かれているとはいえない。食堂でヒソヒソ言われたこともあるが、そのくらいはなんてことなかった。直接的になにかされたら、対処してもらえばいい。

「俺にとってのデメリットは……まあ、女の趣味が意外だったなと思われるくらいだな」

それよりも気にかかるのは彼のこの問題ありの性格だが、相手との相性は必要ないというさっきの話を思い出し、その考えを封じ込めた。大事なのは、契約の相手として信用できるかどうかだ。

「家の中で、君に妻としての役割を求めることは絶対にない。君の生活を縛ることもないから、安心してくれていい。俺は約束は守る」

言い切る彼をジッと見つめる。会ったばかりの相手を信じ切れたわけではないが、彼が、ともすれば弱みともなりかねない手の内をすべてさらけ出したのは事実だろう。自社の社員相手にそこまでしておいて簡単に裏切るとは思えなかった。

「期間はいつまででしょうか」

尋ねると彼はニヤリと笑った。

「俺の方は、差しあたって社内での立場が固まるまでだ。場合によっては数年かかるかもしれない。君の方も、すぐに離婚しましたではご両親が納得しないと思うが」

「そうですね。少なくとも弟が結婚するくらいまでは……」

離婚したらしたで、出戻りだなんだとうるさく言うだろうが、一度はしたという実績があれば『もう結婚は懲《こ》り懲《こ》りだ』などと言って黙らせることはできるだろう。離婚歴があれば、見合い話もなくなるはずだ。

「そのあたりは柔軟に考えることにしよう。どちらか一方が解消したいと思ったら、もう一方は応じることとするのはどうだ？」

それならば安心だ。都合が悪くなればいつでもやめられるのだということが、わずかに残っていた迷いを吹き飛ばす最後のひと押しになった。

心を決めて息を吐くと、彼の方にはそれで楓の決断が伝わったようだ。組んだ両手を膝に置いて満足げな笑みを浮かべている。

その余裕たっぷりな様子を一瞬癪《しゃく》だと思うものの決意は揺らがなかった。さっき彼が言った通り、チャンスは逃さないようにするべきだ。こんなに好条件の話はこの先もう絶対にない。

「わかりました。契約します」

あえて結婚という言葉を避けて楓は言う。その通りこれは百パーセントビジネスだ。

「よろしくお願いします」

言葉に力を込めてそう言うと、和樹がニヤリと笑って頷いた。

契約妻の条件

プライマリーホテル二十七階の鉄板焼き亭『雅』にて三葉の名を告げた楓が案内されたのは、特別室だった。楓はそこで、彼の到着を待っている。

他の客から隔離された空間は、楓に否《いや》が応でも朝の和樹の言葉を思い出させた。ふたりの関係について話があると彼は言った。今日一日、楓はこの半年間の彼との結婚生活を思い出していた。

あの日結婚を決めた和樹は、すぐに話を進めた。まず楓の実家へ行き両親に挨拶をしたのだ。

ビシッとしたスーツ姿で『お嬢さんを僕にください』などという時代錯誤の言葉を口にする彼は、両親が理想とする娘の結婚相手そのもので、しかも旧家の御曹司なのだから、ふたりとももろ手を挙げて賛成した。

本来なら眉をひそめることが予想された〝今は忙しいから結婚式は時間ができた段階で。とりあえず婚姻届の提出と同居を先にする〟という条件もあっさりと了承したのだ。

楓の悩みをなんなく解決した彼は、次に自分の両親への挨拶の段取りをつけた。彼の父親はすなわち楓にとっては自社の社長。さすがに当日はがちがちになったが、こちらも和やかなムードであっさりと受け入れられた。

そして世間に向けて結婚が発表された。ニュースは瞬く間に社内を駆《か》け巡《めぐ》り、社員たちは騒然となった。特に、女性社員たちの反応は凄《すさ》まじく、楓はしばらく廊下を歩くのもはばかられるくらいだった。どこにいてもヒソヒソと陰口を言われ、敵意のある視線を感じた。

『どうしてよりによって鉄の女なのよ⁉　信じられない！』

『あの地味ななりで、どうやって副社長を落としたの？』

『弱みを握って脅したんじゃない？』

『ぜんっぜん！　釣り合っていないわ』

ヒソヒソどころか、わざと聞こえるように言っているのでは？と思うくらいのボリュームで聞こえる言葉を煩わしいと思ったものの、楓は少しも傷つかなかった。

彼女たちがそう思うのは当然だ。釣り合わないのは誰の目から見ても明らかなのだから。でも和樹をまったく好きではない楓は、なにを言われても平気だった。

一方で、経理課の社員たちだけは楓の味方でいてくれたのは嬉しかった。

『どうして教えてくれなかったんですか？と言いたいけど、相手が相手だけに気軽には言えないですよね。いろいろ言われると思いますけど、大丈夫です、私たちが守りますから。経理課には楓さんが必要なんですから』

亜美はそう言って、しばらくは食堂へも行けない状態だった楓の分のお弁当を買ってきてくれた。興味本意で楓を見に経理課へやってくる他部署の社員たちを追い返してくれた者もいる。

そうして半年が経ち、楓の会社での生活は以前とほぼ同じに戻りつつある。なにを言われても平然としている楓に皆飽きたのか、今ではあまり話題にのぼることはなくなった。

一番心配していた和樹との同居生活も、思っていた以上に順調だった。結婚を決めたあの日に彼が見せた横暴な顔はあれ以来見ることがなく、紳士的な顔に戻っている。契約が成立した以上、ふたりはビジネスパートナーのようなもの。それなりに丁寧に接する必要があるということだろう。

もっとも顔を合わせて口をきくこと自体がほとんどない。彼ははじめに言った通り、ほとんど家に帰ってこなかった。

なにもかも、契約通りにことが進んでいる。すべて順調なはずなのに……。

「失礼します。お連れさまが到着されました」

店員の声が聞こえて、ドアが開き和樹が姿を見せた。

「申し訳ない、待たせたかな」

「いえ、大丈夫です。お疲れさまでした」

和樹が、ジャケットを脱ぎハンガーにかけてから向かいの席に座る。一日中働いていたはずなのに、朝見た時と変わらず完璧だった。

店員が、飲み物の注文を聞いてから下がり、しばらくして料理が運ばれてくる。

業務についてのあたり障りのない話をしながら、ふたりは食事をとる。

普段口にできないアワビや和牛といった高級食材の鉄板焼きは美味しかったが、楽しむ余裕はあまりなかった。彼の話はいったいなんだろうという疑問が、頭の中をぐるぐると回っていたからだ。

最後に、コーヒーを運んできた店員が出ていったのを見届けてから、和樹が「さて」と言って楓を見た。

楓の胸がドキリとする。いよいよ本題に入るのだ。

「今日で結婚してからちょうど半年になるわけだが、いい機会だからこの契約の振り返りをしておきたいと思ってね」

楓は頷いた。

「まず、君の方の感想を聞かせてもらいたい。なにか不満があるなら言ってもらってかまわない。善処しよう」

「特にはなにもありません。両親からはなにも言われなくなりましたし、家での生活も快適です。私は満足しています」

とりあえず素直にそう答えた。

「他の社員からの反応は？」

嫌がらせや陰口についてだ。

「それも、大丈夫です。私は副社長の本当の妻ではありませんので、なにを言われても平気ですし。一貫して無視し続けていたら、もう収まりました」

「そう……」

そう言って彼は、沈黙し少し考える素振りを見せる。

物言いたげな様子に楓が首を傾げると、気を取り直したようにまた口を開いた。

「それにしては生活費の方は、まったく使っていないようだが」

婚姻中の生活費は、食費から日用品、遊興費に至るまで自分が支払うと彼は言った。

嫌がらせや陰口を叩《たた》かれることに対する慰謝料的なものだという。

家族が使用できるクレジットカードを持たされているが、この半年間財布に入っているだけでまだ一度も使っていない。生活費がかからなければ、奨学金返済も貯金のペースもさらに上げられて助かるのは事実だが、そこまでしたくないと思ったのだ。べつに彼に遠慮しているわけではない。あくまで自分のためだった。人はいい環境を一度手に入れてしまうと、その分贅沢になる。数年後にはもとの生活に戻るのだから、その時に自分自身に負担がかからないようにしておきたかったのだ。

「家賃と光熱費がかからないだけで、十分ですので」

答えると、彼は頷いてコーヒーカップを静かに置いた。そしてまた考えている。

「副社長？」

不思議に思って尋ねると、彼はポツリと呟いた。

「なるほどやっぱりこれが原因か」

「え？」

「君は結婚半年が経った今、私たちが社内でどう言われているか知ってるか？」

突然の問いかけに、楓は瞬きを繰り返す。少し考えてから首を横に振った。

「いえ……」

「仮面夫婦だ」

「え？」

「仮面夫婦と噂されている」

眉間に皺を寄せて、不機嫌に言う彼を見つめて楓は呟いた。

「仮面夫婦……」

「そうだ。バレている」

「そんな……。どうして？」

わけがわからなかった。楓はこの契約について誰にも話をしていない。彼の方はいつも一緒にいる第一秘書だけには話しているようだが、その秘書も信頼できる人物のはずなのに。

「私、誰にも言ってません」

「いや、私はそれを疑っているわけではない。もちろん私の側からも漏《も》れてはいない」

「ならどうして……？」

楓が言うと、彼は腕を組んだ。

「君があまりにも変わらないからだろう」

「え？　……どういうことですか？」

言葉の意味がよくわからず聞き返す。

「だから君があまりにも俺の妻らしくないからだ」

やや苛立ったように彼は言う。俺、という一人称を使ったということは完全にプライベートモードに入ったのだろう。

「妻らしくないって……。意味がよくわかりません」

情報を小出しにしながら勝手に苛ついている彼に、楓はやや不機嫌に言い返した。

「おっしゃりたいことがあるなら、はっきりわかるように言ってください」

すると彼は目を細めて楓の着ている服に視線を送る。

「君は毎日そのスタイルだな」

その言葉に、楓はムッとした。

三葉商船の女性社員に服装の規定はない。美の軍団が着ているような気合いの入ったものとはいかないまでも、皆思い思いの服装で出勤している。楓はいつも紺色か黒の膝丈のスカートに、白のカットソー、紺色のカーディガンだった。節約生活で服装にお金をかける余裕はないし、社外の人と会う予定がある時はジャケットを羽織るだけでちゃんとして見えるから便利なのだ。地味だと言われているのは知っているが、そもそも会社は仕事をする場所なのだから可愛《かわい》くしている必要はない。

「ちゃんと、洗濯しています。同じものを何枚か持っているので、毎日同じに見えるだけです！」

言い返すと、間髪入れず言葉が返ってきた。

「だが、私の妻としては相応しくない」

「なっ……」

「いいか？」

和樹がテーブルに身を乗り出した。

「仮面夫婦と言われているのは、君のそのあまりにも地味な身なりと、今までと変わらなすぎる態度だ。今日、改めて君を見てわかったよ。君は私の妻どころか、人妻にさえ見えない」

失礼すぎる物言いに、自らはっきり言ってくださいと言ったのも忘れて、我慢できずに言い返す。

「だけどそれはお互いさまじゃないですか？　副社長こそ結婚されているようには見えません」

負けてられないと思い楓は言った。本当のところ男性の未婚と既婚を見分けることは楓にはできないが、言われっぱなしは嫌だった。

和樹がため息をついた。

「俺は、一応、それらしく振る舞った」

「え？」

「第二秘書の黒柳の目を欺《あざむ》くためだ。彼女は俺のスケジュールをすべて把握している。新婚なのに、まったく家庭の時間がないのは不自然だろう。だから時々、意識して早く帰宅するふりをして、妻との時間を過ごしているとカモフラージュしていた」

それは意外な話だった。でも確かに、彼は休日も含めて常にスケジュール管理されているのだから、そういった偽装工作も必要なのだろう。

「そうなんですね、お疲れさまです」

楓が言うと彼は眉を寄せた。

「それをわざわざ彼女は確認したらしい」

「え？」

「俺が帰宅するふりをした日、わざわざ経理課に君がいるかどうか見に行ったようだ。そしたら君がたまたま残業していて、俺の帰宅はカモフラージュ、そもそも夫婦関係も偽装なんじゃないかと疑っている。それで他の秘書たちにも言いふらして、皆で協力して経理課での君の情報を仕入れたりしているらしい。……まったく、探偵みたいな集団だ。もともと有能なだけにタチが悪い」

そう言って心底うんざりしたように彼はコーヒーを口にした。

確かにあの集団を敵に回したら手強《てごわ》そうだ。疑わしいからって、楓の行動まで確認するなんて、普通はやらない。思わず楓は笑みを浮かべた。

有能で完璧なこの男をここまで困らせているなんて、美の軍団、なかなかやるじゃないか。

でもすぐに和樹にジロリと睨まれて、慌てて笑いを引っ込めた。

「そ、それは申し訳なかったです」

和樹が不機嫌に口を開いた。

「結婚して一度は静かになった周りが、以前と同じに戻りつつある」

「……と、言いますと?」

「さすがに見合い話までは持ち込まれない。だが、女性たちからの誘いは……」

再開したということだろう。

なるほど、だからこれほど不機嫌なのだ。

「つまり君は妻代行サービスの、契約妻失格だ」

言い放ち、楓を睨む。

楓はまたムカッとなった。

失格だなんて、失礼すぎる物言いだ。

「でもそれって私だけのせいですか？　秘書課の暴走は私にはどうすることもできません」

彼女たちから逃げ回っていては仕事にならない。

言い返すと和樹が眉を上げた。

「だがこのままでは、俺が君と結婚した意味がないのは事実だろう」

その言葉にハッとして、楓は口を噤《つぐ》んだ。

確かにそうだ。責任の所在はともかくとして、彼が契約の恩恵を受けていないのは事実だ。この契約はお互いにどちらかがやめたいと言ったら、いつでもやめられることになっている。今すぐに解消しようと言われたら楓は応じるしかないのだ。でもそれは楓にとっては、具合の悪いことだった。

楓が結婚したことに満足して静かになった両親だが、いくらなんでも半年で離婚したとなれば大騒ぎするだろう。場合によっては結婚前よりもひどいことになるかもしれない。それに弟の結婚話もまだ具体的には進んでいない。

そもそも楓自身が今の生活に満足している。住宅費がかからないどころか通勤も楽ちんで、今までにないくらい仕事に集中できている。部屋探しの必要がなくなり時間に余裕ができたため、来年から取り組もうと思っていた資格試験の勉強も前倒しではじめた。今出ていけと言われたら、すべて振り出しに戻ってしまう。

「でも、どうしたらいいのでしょう？」

突然突きつけられた契約終了の危機に、楓は少し弱気になって問いかける。できるものならば、回避したかった。

どうやら彼としてもすぐに契約を終了させるつもりはなかったようだ。それでいいというように頷いた。

「君には俺の妻に相応しい女になってもらう。見た目や服装や振る舞い、なにもかもだ。誰から見ても本物の夫婦だと思われるくらいの」

「本物の……」

楓が呟くと、和樹が立ち上がった。

「帰るぞ。さっそく、今日から実行してもらう」

家に帰ると、和樹はそのままリビングを横切り、渡り廊下の方に向かって歩いていく。別棟を目指しているのだと気がついて、楓は慌てて先回りしドアの前で通せんぼをするように立ち、彼と対峙《たいじ》した。

「な、なんですか？」

尋ねると、彼が厳しい表情になって答えた。

「まずは現状を把握する」

つまりは、楓の部屋へ入り私生活をチェックしようということだ。

「い、嫌です！」

当然楓は拒否をする。見られて困るようなものはなにもないが、ガサ入れみたいなことはされたくなかった。

「お互いのプライベートには干渉し合わないってはじめに約束したじゃないですか」

「この場合は仕方がないだろう」

「で、でも……！」

「おい」

和樹が楓を睨んだ。

「君はやる気がないということか？」

「そ、そんなことは……」

「なら、さっさとどけ。俺はこの件を君に一任するつもりはない。拒否するということは、離婚でかまわないんだな？」

そうまで言われては、彼の言う通りにするしかなかった。楓が脇に避《よ》けると「手間をかけさせるな」と悪態をついてから、彼は一切躊躇《ちゅうちょ》することなく楓の部屋のドアを開けた。

ひとりで使うには少し広いゲストルームのふたつ並んだシングルベッドの窓側のひとつを楓は使っていて、そばに簡易デスクを置いてある。そこで資格試験の勉強をしていた。今はテキストとノートが開いたままになっている。

和樹がぐるりと部屋を見渡して、クローゼットに視線を留める。無言で歩み寄ると、そのまま楓に断りもなくガラリと開けた。そして中にあるものを一瞥《いちべつ》してから振り返り、呆《あき》れたような声を出した。

「なんだ、半年も経つのにまだ荷物の整理をしてないのか」

「え？　してありますよ。ちゃんと片付けてあります」

心外だと思い、楓は言い返した。クローゼットの中はきちんと整理してある。すると和樹は眉を寄せて怪訝な表情になる。もう一度、中を確認して「なにもないじゃないか」と呟いた。

どうやら中にある物の量から考えて、楓が引っ越してきたまま荷解《にほど》きすらできていないと勘違いしたようだ。クローゼットに歩み寄り、楓は説明をする。

「すべての物がここにちゃんとあります。普段使う服はハンガーにかけてある分で、それ以外の物や冬物は下の衣装ケースに納めてあるんです」

プライベートで使うバッグや靴は、箱に入れてしまってある。

和樹が唖然とした。

「まさか……。本当に全部でこれだけか？」

「そうですよ」

不機嫌に楓は答える。確かに人より持ち物が少ない自覚はある。だからといってべつにミニマリストというわけではなく、ひと通りの物は揃《そろ》っているのだから、そんなに驚かなくてもいいじゃないか。

「靴は？　まさか会社で履いているやつ一足だけじゃないだろうな？」

責めるように言われて、楓は答える。

「もう一足、スニーカーを持っています。あまり使わないので、そこの箱にあります」

「もう一足だけ……。アクセサリー類はどこだ？」

答えの代わりに、楓は左手の薬指を彼に見せる。そこには彼との結婚指輪が光っている。結婚したことを周囲に知ってもらうために、常に身につけるよう言われているものだ。

和樹が愕然《がくぜん》とした。

「まさか……それだけか？」

そのまさかだった。

確かに二十七歳女子にしては、珍しい方だろう。

でもそもそもアクセサリー自体が生活にどうしても必要というものではない。まったく興味がないとまでは言わないが、節約生活の中でもっとも手が出ないものだ。

「なんてことだ……」

和樹が呟いて首を振る。楓が使っているのとは反対側のベッドに座り込み、ふーっと長い息を吐いて頭を抱えている。

「思っていたよりもひどい。……俺が扱った中で一番難しい案件になりそうだ」

「わ、私にはこれで十分なんです！　会社では人に不快感を与えない程度に身だしなみを整えていますし、プライベートは自由ですから」

「だが、俺の妻らしくはない」

顔を上げて、和樹が言い放つ。楓はぐっと言葉に詰まった。

「いいか？　君がプライベートでどんな服装をしようと自由だ。だが、これではあまりにもちぐはぐだとは思わないか？　三葉商船の役員の妻が、アクセサリーひとつ持っていないとは」

「そ、それは……。だけど私には、いらないものに使うお金はありません」

楓が言い切ると、彼は簡易デスクにチラリと目をやる。そして資格試験のテキストを見て、ため息をついた。

「仕方がない……。君は明日休みだな？」

「え？　……そうですが」

答えると、和樹はスーツの胸ポケットから携帯を取り出して発信する。相手はすぐに出たようだ。

「一ノ瀬《いちのせ》、悪い。今いいか？　明日の俺の予定だが……」

第一秘書のようだ。彼はそのまま明日の予定を調整する。

「……それから、高崎《たかさき》百貨店に連絡を入れてくれ。そう、いつものやつだ」

どうやら楓の衣服を買い求めるつもりのようだ。彼が通話を切ったのを確認して、楓は慌てて口を開いた。

「も、持ち物を変えたからといって、すぐにそれらしくなんてなれないと思います」

楓にとって着飾ることは最も優先順位の低いことなのだ。そんな暇があるならと勉強ばかりしてきたのだから。そんな自分が少しばかりいい格好をしたところで、どうにかなるものでもないと思う。

「そもそも、素質がなければ、いくら努力しても意味がないのでは……」

思わず弱気な言葉を口にすると、和樹が目を細めて立ち上がる。

楓はギョッとして口を閉じた。

和樹が手を伸ばし、楓の髪をまとめているシュシュを引き抜いた。

そのまま顎を掴《つか》まれ上を向かせられる。

「つっ……！」

彼から感じるスパイシーなムスクの香りと、まるで検品するかのような鋭い視線に、楓の鼓動がどくんと跳ねた。

いきなりの接近に文句を言うこともできず息を殺して見つめ返す。ひとりでに頬が熱くなっていく。

やはり彼は見てくれだけは完璧だ。綺麗な瞳と長いまつ毛、高い鼻梁、圧倒的な存在感……。

和樹が、ため息をついて顎の手を離した。

「……なんとかなるだろう」

「な、なんとかって……」

失礼な言葉にムッとするが、それ以上は言えなかった。契約終了の危機にある今は、彼には逆らうことはできない。

和樹が楓に向かって指を一本立てて示した。

「一カ月だ」

「……え？」

「俺が君に与える猶予期間だ。一カ月の間に、誰から見ても俺の妻だと言われるような女になれ。一カ月後のクイーンクローバー号就航記念式典に夫婦で出席することにした」

「しゅ、就航記念式典に……？」

驚いて楓は目を見開いた。

クイーンクローバー号は、三葉商船初の超大型豪華客船だ。すでに貨物輸送の分野では世界の海を制している三葉商船が、クルーズ業界で新たな一歩を踏み出すとあって世界中から注目されている。ゲストは国内にとどまらず世界中から招待することになっていた。

「ああ、いい機会だろう？　そこで俺たちは仮面夫婦などではないということを、しっかりと周囲にアピールする。それまでに君が、身だしなみや立ち居振る舞い、なにもかも俺の妻として相応しくなれなければ契約は終了だ」

「一カ月……」

それが期間として長いのか短いのか見当もつかなかった。そもそもなにをどうすれば、彼の妻らしくなれるのかまったくわからない。はっきり言って自信はなかった。

目の前の男は、堂々としていて完璧で、このまま式典に出席してもおかしくはない。一方で、その隣に自分が並ぶという光景はまったく想像もできなかった。そもそもこうしてふたりで話をしていること自体、はたから見ると不自然に思えるだろう。

和樹が腕を組んで宣言する。

「安心しろ、君がそうなれるよう俺が直々《じきじき》に指導してやる」

「え!」

穏やかでない言葉に、楓は肩をぎくりとさせた。

確かに、旧財閥家の長男として上流階級の振る舞いが染みついている彼ならば、指導者として適任だ。

だけど、ものすごく嫌な予感がする。

「指導……ですか……?」

完全に怖気《おじけ》付いてそう言うと、和樹が楓を見下ろして、不敵な笑みを浮かべた。

「ああ、そうだ。俺の貴重な時間を割いてやるんだ。容赦《ようしゃ》しないからな、覚悟しろ」

そしてくるりと踵《きびす》を返してさっさと部屋を出ていった。

バタンと閉まるドアを見つめて、楓は愕然とする。

大変なことになってしまった。

クイーンクローバー号の就航記念式典は三葉商船を全世界へアピールする場として、世界中のメディアを招くことになっている。全社一丸となって進めている、絶対に失敗できない一大プロジェクトだ。

まさかその大切な式典に、彼の妻として出席することになるなんて。

いや、普通に考えたらあり得る話なのだろう。楓とて頭をよぎらなかったわけではない。ただなんとなく彼ひとりで出席すると決めつけていただけなのだ。この半年間、一度も公の場への同伴を求められなかったから。

ため息をついて、楓は部屋を見回した。

今さらだが、軽々しく契約結婚したことを後悔しはじめていた。この生活は快適だが、その代償は大きかった。

クイーンクローバー号就航記念式典で彼の妻を演じられるという自信は、今の楓にはまったくない。そんなことをするくらいなら離婚する方がましだと思うくらいだった。

両親との関係は最悪になるけれど……。

……契約終了か、式典か……。

ベッドにすとんと腰を下ろして楓はぐるぐる考え続けた。

＊　＊　＊

三葉家の二階の角部屋が和樹の書斎だ。電気をつけず薄暗い部屋の中で、和樹はスーツ姿のままデスクに座り、考えを巡らせている。

和樹は、三葉家のひとり息子として使命を負って生まれてきた。三葉商船を末永く繁栄させ世界の物流を支え続けるという、絶対に失敗できない使命だ。生まれた瞬間から死ぬ間際までやるべきことがびっしりと詰まっている、そんな人生を生きている。

常に完璧な紳士としての仮面を被《かぶ》り、周囲の期待に応え続ける。それこそが自分の存在意義であり、本当の自分の思いは必要ない。それをつらいと思ったことはないが、やりにくいと感じることはある。特に女性との付き合いはそうだった。

和樹に近寄る女性たちには、いつもそれぞれ目的がある。

見た目のよいハイスペックなパートナーを周囲に自慢したい者。

ビジネス上のコネクションを欲しがる者。

贅沢をしたい者……。

もちろん、ただの恋人ならばそれでいい。和樹とて、単純に彼女たちとの付き合いを楽しんだ時期もある。だが、結婚となれば話は別だった。生涯を共にするのなら、そのような者たちでは不都合だ。そもそもそういう相手とひとつ屋根の下にいるという状況に、和樹自身、耐えられそうにない。

楓との契約結婚は、そんな自分にとっては非常に都合のいい話だった。

須之内楓の社内での評判は、優秀かつ冷静沈着、真面目で融通が利かないというものので、契約相手としては信用に値する。加えて、男性不信で和樹に恋愛感情を抱く心配がない点を考えると、これ以上ないくらい相応しい人物のように思えた。

実際その読みに間違いはなかったのだ。和樹が与えたカードから生活費を出すことなく、将来に備えて資格試験の勉強をしていた彼女を見て、和樹はそう確信した。

彼女は、今まで自分が関わった中で、一番信用できる女性だ。

デスクに肘をついた手でこめかみを押さえて、和樹は眉間に皺を寄せた。

そう、彼女に問題があったわけではない。誤算だったのは、結婚というものが、和樹が思っていたよりも複雑だったということだ。

夫婦とは、ただ婚姻届を出して同じ場所に住めばよいというものではないらしい。業務に集中するあまり、そのことにまで心配りができていなかった。仮面夫婦という噂の出どころは十中八九秘書室だから、その責任を楓ひとりに負わせるのは酷なのだ。

でもこのままではいつかバレてしまうだろうことも確かだった。

「さて、どうするかな……」

腕を組んで窓の外へ視線を送り、和樹は先ほどの楓の部屋を思い出す。

必要最低限の物だけの殺風景な部屋は、こういう状況でなければ好感の持てるものだった。必要なもの以外は切り捨てて目的に向かって邁進する。和樹とてそうやって三葉商船の後継ぎに必要な実力を培ってきたのだから。

だが、彼女が和樹の妻らしくなるためにはあれではダメなのだ。

和樹が思っていた以上に、楓の生活と三葉家の長男妻のイメージは乖離《かいり》していた。この溝を埋めるのは容易ではない。実際、もしこれが純然たる取引相手との話ならば、おそらく和樹はあの場で契約終了を告げていただろう。いや、彼女との契約もビジネスみたいなものなのだから、本当はそうするべきだったのだ。

——だが和樹はそうしなかった。

彼女との関係に猶予期間を持つことにしたのだ。しかもそれだけでなく自ら指導すると宣言した。

女性に使う時間と労力を削るために、楓に時間と労力を使う。これでは本末転倒だ。

そんな、いつもの自分らしくない決断が、いったいどこからくるものなのか、その原因に和樹は思いを巡らせている。

世界を股にかけるグローバル企業の副社長夫人という座にいながら、贅沢な生活に身を任せず堅実な生活を続けていた彼女に対する信頼か。

あるいはそれ以外のなにかなのか……。

『素質がなければ、いくら努力しても意味がない』と彼女は言った。そう言われてはじめて、和樹は彼女の容姿を興味を持って見たのだ。

彼女の言うことはもっともだ。彼女が契約相手として信用できるのは確かだが、妻を演じるための素質がなければ意味がない。

そうしてじっくり見てみると、確かに楓は、今まで和樹が関わってきた女性たちとはまったく違っていた。言葉を選ばずに言えば、地味で平凡で飾り気がなさすぎる。

……だが。

楓の顎に触れた自分の右手ジッと見つめて、和樹はあの時の自分を思い出す。

戸惑いの色を浮かべて自分を見つめる澄《す》んだ瞳に、吸い込まれそうな心地がした。華奢《きゃしゃ》な肩に散った艶《つや》のある黒い髪に、触れたいと思ったのはどうしてだ？無垢《むく》を感じさせる甘い香りは、心が洗われるようだった……。

首を振り、和樹はその考えにストップをかける。それがどのような感情かは不明だが、この契約には関係がない。

人差し指でトントンとデスクを叩き、和樹は再び考える。

どんなに込み入った案件でも、こうしてじっくり考えれば必ず答えが出るはずだ。

だが今は、どうしても考えがまとまらない。

……結局その夜、不安そうに自分を見ていた楓の姿がチラついて、和樹は答えに辿り着くことはできなかった。

胸騒ぎの買い物デート

契約終了か、あるいは式典への出席か。

結局、ひと晩考えても楓の中で答えは出なかった。

眠れぬ夜を過ごして迎えた土曜日の朝。勝手に部屋に入ってきた和樹によって、楓は叩き起こされた。

文句を言う暇もなく、追い立てられるように着替えさせられ連れてこられたのは、自宅からほど近い五つ星ホテルの中にある美容室だった。まずはそこでヘアカットとメイクをするという。

「希望があるなら、一応は聞いてやる」

鏡の前に座る楓を見下ろして彼は言う。そんなものあるはずがなかった。

「……と、特にはありません」

楓にとっては、今がベストな状態だ。髪は結べる長さだし、メイクも最低限でいい。

和樹が渋い顔をした。

「やる気を出せ。……君は本当にポンコツだな」

そう言われても、本当のところまだ契約を継続するかどうかすら決めかねている状態なのだ。やる気になどなれるはずがない。なぜか彼が『なんとかなる』と思ったのかは不明だが、髪型とメイクを変えたくらいで副社長夫人として相応しい見た目になれる自信はない。

「あの……私、やっぱり……」

無理そうだと言いかける楓を遮って、和樹が自ら美容師に向かって、オーダーしはじめる。

「明るい雰囲気にしてほしい。髪の長さはあまり変えないで、軽い感じに整えてくれ」

「軽くて明るい雰囲気ですね」

美容師が頷いて、楓の髪に触れる。

「ではヘアカラーはいかがですか？　髪の色をほんの少し変えるだけでもずいぶん印象が変わりますよ」

「色か、そうだな……」

つられるように和樹も楓の髪に触れる。

楓の胸がドキンと鳴った。鏡の中の楓を見る真剣な視線にドギマギしているのをごまかすように目を伏せる。自分の髪に触れる彼の手を直視することができない。

しばらくして彼は首を横に振った。

「いや、色は変えなくていい。彼女の髪の色は今のままで綺麗だし、艶もそのまま残したい」

「かしこまりました。メイクのご希望ございますか？　もともとお綺麗なお顔立ちですから、眉を少し整えるとよいかと思います。まつ毛にエクステを入れるメニューもございますが」

「眉はともかく、まつ毛は必要ないだろう。彼女、顔立ちは整っているから、そこまで気合いを入れなくてもいい。あと肌も綺麗だから自然な感じにしてやってくれ。それから自分でも再現できるように教えてやってほしい。使用したメイク用品は買い取る」

「かしこまりました」

オーダーが終わると美容師は、楓にケープをかけヘアカットの準備をする。

和樹が少しかがんで楓に向かって釘《くぎ》をさした。

「しっかり覚えるんだぞ。わかったな」

ここまできて嫌だと言うわけにもいかず、楓は素直に頷いた。頬まで熱くなってしまっているのが悔しかった。さっき彼が楓の髪に触れて、容姿を褒めたことに反応してしまっている。褒めたとはいっても、べつに深い意味があるものではなく、業務連絡のようなものなのに。今あるいいところはそのままに、改善すべき点について手を入れるのが、仕事の鉄則だ。

でも男性から褒められること自体ほとんどない楓には、刺激の強いことだった。

……気をつけなくては、と楓は思う。

相手は、桁違いのモテ男なのだ。なんとも思っていなくてもナチュラルに女性をその気にさせてしまうのだろう。

大学時代に一度だけ男性と付き合ったことがあるとはいえ、ほとんどデートもしないうちに別れてしまった。男性経験はまったくないと言っていい楓にとっては彼は危険な生き物だ。

「俺は隣の部屋で待ってるから、なにかあったら呼んでくれ」

美容師にそう言って彼は部屋を出ていった。

「旦那さま、無茶苦茶カッコいいですね」

美容師が感想を漏らすのを聞きながら、楓は気を引きしめていた。

「お疲れさまでした。いかがですか?」

肩を覆っていたタオルを外して、美容師が弾んだ声を出す。鏡の中の自分を見て楓は心底驚いていた。

「あ、明るい感じになりましたね……」

ハサミを入れてトリートメントをした髪は、色も長さも変えてはいないものの顔まわりを整えたからだろうか、ずいぶんスッキリしている。

メイクも、いつもより少しやり方を工夫するだけで顔立ちがはっきりしたように思う。見違える、とはこのことだろう。

「すごい、魔法みたいですね……」

思わずそんな言葉が口から出た。

実際そんな気持ちだった。野暮ったくて地味というのが楓の特徴だったはずなのに、少し手を入れただけでガラリと雰囲気を変えてしまうなんて。

「少しお手伝いさせていただいただけです。旦那さまのおっしゃる通り、奥さまはもともとお綺麗でいらっしゃるから」

その言葉に、楓は不思議な気持ちになる。

もちろん彼女の言うことはお世辞に違いないけれど、でも印象がよくなったことは事実なのだ。

昨夜彼は、自分には素質がないと言う楓に、『なんとかなるだろう』と言った。失礼な言い方だと思いながらも楓の方は『なんとかなる』などとは微塵も思わなかったのに……。

くすぐったいような、恥ずかしいような、落ち着かない気持ちで楓が和樹の待つ別室へ行くと、彼は窓際に立ち電話をかけていた。どうやら仕事をしているようだ。

楓の鼓動がとくんと跳ねる。緑豊かなホテルの庭から差し込む日の光を背にした彼は、男性ファッション誌の表紙のようだった。

美容師が部屋を出ていきドアが閉まると、彼は楓に気がついて電話の相手に断ってから通話を切る。そして振り向き、目を見開いた。

「お、お待たせしました……」

おずおずと楓は言うが答えはない。

彼は携帯を手にしたまま眉を寄せ、無言でこちらを見つめている。その彼の反応に、楓は急に心配になった。

ついさっき鏡を見た時は、まずまずの出来だと思ったけれど、彼から見ると違ったのではないか?と思ったからだ。

よく考えてみると、明るい印象にはなったものの、彼の妻に必要な華やかさはまったくない。それこそ美の軍団の足元にも及ばないだろう。彼女たちを見慣れている和樹にとっては物足りないに違いない。

やっぱり楓には、彼の妻のふりは無理だと思ったのだろうか？

まさか……ここで契約終了？

「あの……副社長？」

あまりにも長い彼の沈黙に、楓は思い切って呼びかける。すると彼は、気を取り直したように瞬きをした。

「いや、まぁ……合格だ」

その言葉に、楓はホッと息を吐く。

よかった……と言いかけて、ハッとして口を閉じた。

『合格だ』なんて自分を上から目線で評価する最低の言葉じゃないか。それなのにそれを嬉しく思うなんて、今日の自分はどうかしている。素敵なヘアカットとメイクの魔法に、浮かれてしまっているのかもしれない。

和樹が眉を寄せた。

「だが『副社長』はダメだ。どこの世界に夫を役職で呼ぶ妻がいる？　これからは名前で呼べ」

彼の口から出た唐突な要求に、今度は楓が目を見開いた。

「え？　な、名前って……!?　まさか下の名前ですか？」

「まさかとはなんだ。それ以外になにがある？　俺もこれからは君を下の名前で呼ぶことにする」

「え、そ、そんなの、無理です。できません！」

楓はぶんぶんと首を振った。彼はともかくとして、楓が彼を名前で呼ぶなんて、どう考えてもあり得ない。絶対に無理だ。

「できませんじゃない、やるんだ。名前も呼び合わないようじゃ、夫婦とは言えないだろう？」

「で、でも……」

すると彼は楓に歩み寄り、楓の腕をぐいっと引く。

「きゃっ……！」と声をあげる楓の腰に腕を回し、もう一方の手で顎を掴んだ。

「ほら、妻になった気持ちで言ってみろ」

唐突にスパイシーな彼の香りに包まれて楓の鼓動がどくんと跳ねる。頬がカァッと熱くなった。

頭の中はプチパニック状態だ。男性をこんなに近くに感じることは、はじめてだ。

当然言われた通りになんてできるはずがなかった。

「あ、あの……。でも……その」

するとその楓の反応に、和樹がフッと笑みを漏らしてどこか嬉しげに口を開いた。

「楓?」

「つ……!?」

楓の鼓動が跳ね上がる。頬どころか耳まで真っ赤になっているのが自分でもよくわかった。たったこれだけのことでここまで反応してしまう自分自身が情けないが、男性に下の名前を呼ばれるははじめてのことだから仕方がない。

一方で和樹は余裕たっぷりだった。

「ほら、次は楓の番だ。呼んでみろ。旦那さまを」

「そんな……」

わざとらしいくらいにこやかに、旦那さまなどという言葉を使う彼は完全に面白がっている。からかわれているのだということはわかるがいつもみたいに言い返すことができなかった。とにかく距離が近すぎる。

「い、今じゃなくても……」

小さな声でもごもご言うと、和樹が眉を上げて首を傾げた。

「ん？　なに？　聞こえない」

「つっ……！」

完全に反応を楽しんでいる彼に、さすがに楓はムッとなった。こっちは真剣なのに、なにがそんなにおかしいのか。

「わ、私にこういう経験がないのは、副社長もご存じでしょう？　そういう、どうしようもないことを言うなんて、ひ、ひどいと思います……」

言うだけ言って、顎に添えられた手から逃れるようにプイッと横を向く。でもいつもの勢いは出なかった。

頬を膨らませたままチラリと見ると、彼は手を宙に浮かせたまま目を開いて固まっている。当然また、からかわれるだろうと思ったのに少し意外な反応だ。

「副社長……？」

首を傾げて尋ねると、彼はハッとしたように瞬きをして、真面目な表情に戻る。

そっと腕を外して楓を解放した。

「いや……。だが、名前で呼ぶ必要があるのは事実だ。わかるな？」

楓はホッと息を吐いて、ドキドキする胸を持て余したまま考えた。

「それは……まぁ……はい」

「やってみろ」

和樹が腕を組み再び命令をする。首を傾げて、楓が従うのを待っている。

楓は深呼吸を二回してから、意を決して口を開いた。

「か、かず……か、和樹さん……」

言い終えて、サッとうつむき息を吐く。心臓がばくばく鳴っていた。情けないのひと言だ。仕事ならどんなに大きな案件に直面した時も冷静でいられるのに。

それにしても。

ただ名前を呼ぶだけで、こんなにドキドキするなんて、世の恋人たちの心臓はいったいどうなっているのだろう？　しかもこんなに頑張ったのに、お世辞にもうまく言えたとは思えない。きっとダメ出しをされて、やり直しをさせられる。

楓はため息をついて覚悟した。

……でもいつまでたっても、彼はなにも言わなかった。不思議に思って顔を上げると、手で口元を覆い横を向いている。

「あの……？」

問いかけると、彼は気まずそうに口を開いた。

「まぁ……いいだろう」

その言葉に、楓は意外な気持ちになる。昨日彼から『指導してやる』と聞いた時は、きっと厳しい指導だと恐れる気持ちが大きかった。でもヘアカットとメイクの件も含めて考えると彼の基準は、思っていたよりも厳しくないようだ。これならば、もしかしたらやれるかもしれない。

「だが、一回呼べただけではダメだ。自然に呼べるように慣れるんだ。上の部屋に外商を呼んである。今から行って買い物をするわけだが、そこで夫婦のように振る舞うんだ。百貨店のスタッフはプロだから顧客の情報を漏らすことはないが、まぁ練習だな」

その言葉に楓は素直に頷いた。今朝まではとてもできないと思っていたけれど、彼から二回合格をもらって少し自信がついた。そもそも、まったくやりもしないで諦めるのは、本来は楓の性に合わないのだ。どんな困難も努力で乗り越えてきたのだから。とにもかくにもやってみよう。そう心に決めて楓は彼を見る。

「わかりました、やってみます。……か、和樹さん」

あえてもう一度、彼の名前を口にする。やっぱりドキドキするけれど、今彼が言った通り、慣れる必要があるからだ。

一方の和樹は、突然楓がやる気を見せたことに驚いたのか、意外そうに楓を見ている。すぐに返事をすることなく、くるりとこちらに背を向ける。

「行くぞ」と、やや掠《かす》れた声で言ってから、出口に向かって歩きだした。

連れていかれたのは、三十八階のスイートルームだった。ショップかと見まごうほどずらりと並んだ服や靴、バッグやアクセサリーを背に十名ほどのスタッフがふたりを待ち構えていた。

「三葉さま、本日はよろしくお願いいたします」

一斉に頭を下げられて、楓は唖然としてしまう。さっき和樹は百貨店の外商を呼んだと言っていたから心積もりはしていたが、実際に目にすると迫力が違う。こんなの映画の中でしか見たことがない。それなのに、和樹は平然として皆に挨拶をしている。

「こちらこそよろしく。今日は妻の普段の服を一式揃えたい。少し……手持ちの服や靴が足りなくなってきたようだから」

そう言って楓の腰に腕を回して微笑んだ。

「楓、好きなだけ選べばいいからな」

人前で腰に手を回されたことと、気持ち悪いくらい優しい言葉に楓は驚いて彼を見る。彼の目が『もうはじまってるぞ、ちゃんとやれ』と言っている。

外商たちの迫力に圧倒されて、頭から一瞬飛んでいたが、夫婦のふりの練習をすることになっていたのだと思い出して、楓は慌てて頷いた。

「わ、わかりました」

そして目の前に並んでいるスタッフたちに向かって、深々と頭を下げた。

「本日はお集まりいただきありがとうございます。どうぞよろしくお願いします」

楓ひとりのために、たくさんの品物を持って皆来てくれたのだ。わざわざ足を運んでくれたスタッフに対して感謝が伝わるようにお辞儀をするのが当然だと思ったのだが……。

顔を上げると、スタッフたちはやや驚いたような表情になっている。そして次の瞬間、皆笑顔になった。

「まぁ、素敵な奥さまですこと！　精一杯お手伝いさせていただきますので、こちらこそよろしくお願いいたします」

彼らの思いもよらない反応に、楓はどきりとして和樹を見る。彼の妻としては間違った振る舞いだったのかと思ったからだ。和樹の口元が微妙に歪んでいる。ということはやはりそうだったようだ。

とはいえ、眉間に皺は寄っていないし、致命的なミスではなさそうだ。笑いをこらえているようにも見えるが、おかしなことだったのだろうか？

和樹が咳払いをして、気を取り直したように口を開いた。

「さっそくはじめてくれ。私は、そっちのソファにいるから」

そう言って、窓際に置かれたソファへ行ってしまう。なんだか心細い気持ちで楓はそれを見送った。すぐにスタッフに囲まれる。

「それではさっそくはじめましょう。奥さま、お好みはございますでしょうか？」

ベテランと思《おぼ》しきスタッフがニコニコして楓の隣へやってくる。別のスタッフが、大きな姿見《すがたみ》を楓の前に置いた。

楓の好みは、シンプルかつ実用的、加えてコスパがいいというものだが、まさかそれを口にするわけにいかない。とりあえず使用目的を伝える。

「し、仕事中に着る服をお願いします……」

スタッフが頷いて周りのスタッフに指示を出すと、いくつかのラックが楓の後ろに配置された。

「こちらの上下はいかがでしょう？　このシリーズはデザインが少しクラシカルでして、上品で人気があります。素材もよくて着心地も抜群です」

スタッフがそう言って、白いカットソーとベージュのスカートを広げて見せてくれた。カットソーは、ふわりとした上品なレースの袖と胸元のフリルが可愛らしいデザインだ。素敵だなと素直に思う。それこそ後輩の亜美ならば似合いそうである。でも、自分が着るとなると話は別だった。

白は楓にとっては安心な色だが、レースの袖は落ち着かない。胸元のフリルも不要だし、スカートは落ち着いた色ではあるもののやや裾が広がりすぎている。

「それはちょっと……。わ、私には派手かもしれないです」

遠慮がちに難色を示すと、スタッフは「そうですか」と答えて、すぐに別の商品を持ってくる。

「ではこのようなイメージはいかがでしょう?」

今度は淡いピンク色のシンプルなカットソーに、紺色のスカートという組み合わせだ。素敵だなとは思うものの、やっぱり楓が着るには不似合いだ。

カットソーの胸元にラインストーンがキラキラと輝いている。そもそもピンク色だ。スカートは形こそタイトだが、総レースである。上品なデザインだからオフィスで着ても問題はなさそうだが、楓が着るとなると……。

やっぱりきちんと自分に似合いそうなものを伝えておくべきだ、と楓は思う。このままでは日が暮れてしまう。

「あの……。できるだけシンプルなものをお願いします。色も……白か黒か紺色で。レースやフリルは素敵ですが、仕事では必要ありませ……」

でもそこで。

「必要ではないが、あったってかまわないだろう？」

唐突に遮られてしまい口を閉じる。和樹だった。

窓際のソファにいたはずが、いつの間にか楓の後ろに立っている。彼は楓の肩を優しく抱いて鏡越しににっこりと笑いかけた。

突然割り込まれて目を丸くする楓をよそに、スタッフに向かって説明をする。

「こういう飾り気のないところが彼女の魅力なんだが、今日は少し着飾らせてみたいと思ってね」

その言葉に、スタッフたちが一斉に笑顔になった。

「ええ、ええ！　可愛らしいデザインもよくお似合いになると思います」

彼らのお世辞に彼は満足そうに頷いて、楓の耳に唇を寄せた。

「楓、君の好みは知っているし、そのままの君も私は好きだ。でも今日は少し冒険をしてみないか？　レースもフリルも綺麗な色も、君によく似合うと思うよ」

恐ろしいくらいの甘い言葉に、楓は息が止まりそうになってしまう。

これはあくまでも夫婦のふりで、彼の本心ではないとわかっていても、頬が熱くなるのを止められない。こんな甘いセリフ、経験のない楓にとっては刺激が強すぎる。

「わ、わかりました……。やってみます」

そう答えるのが精一杯、でもそれで和樹は満足したようだ。はじめに見せられた白いカットソーとスカートを手に取った。

「とりあえず、試着してみたら？」

その言葉に楓がこくんと頷くと、スタッフがニコニコとして口を開いた。

「では、フィッティングのご準備をいたします」

さっそく彼らは簡易のフィッティングルームの準備に取りかかる。それを待ちながら、楓はさりげなく和樹の腕から逃げ出した。頬を膨らませて彼を睨む。

この場で文句を言うわけにはいかないが、突然触れられたことに対する抗議だった。

いくら夫婦のふりだとしても気安く触れないでほしかった。嫌だというわけではないけれど、とにかく胸がドキドキとして落ち着かない気持ちになる。そんな状態で彼の妻を演じるなんて、楓にはとてもできそうにない。

でも楓からの視線に、和樹は眉を上げただけだった。『このくらいで、大袈裟《おおげさ》だ』とその目は言っている。

「さぁ、奥さま、どうぞ」

もやもやとする気持ちのまま、スタッフに促されて、楓はフィッティングルームに入る。渡された服に着替えて途方に暮れた。カーテンを開けて外に出る勇気が出ない。フィッティングルームの中に鏡はなく、着替えた自分がいったいどういう姿なのか見当がつかなくて不安だからだ。

「奥さま？　いかがですか？」

カーテンの向こうからのスタッフの呼びかけに、楓は慌てて答える。

「だ、大丈夫です。着られました」

でもやっぱり、カーテンを開けることはできなかった。

情けない、と楓は思う。

大きな会議の前だって、資格試験の当日だって、こんなに緊張しないのに。ただ、いつもと違うテイストの服を試着する。それだけのことにこんなにもドキドキするなんて。

似合わないならそれだけの話じゃないかと、楓は自分に言い聞かせる。そもそも誰になんと言われようと平気だというのが自分の強みのはずなのだ。

それなのになぜか今は、和樹がカーテンの向こうにいると思うだけで開けることができなかった。どうしてかはわからないけれど、彼に変だと思われるのが怖い。さっきまで確かにあったはずのやる気がしおと萎《しぼ》んでしまう。

ダメだ、やっぱりできない、もとの服に着替えよう、楓がそう思った時。

「着替え終わったんだな、開けるぞ」

カーテンの向こうから和樹の声がする。それに楓が答えるより早くシャッと音を立てて、カーテンが開いた。

「ひゃっ！」と声をあげて振り返ると、和樹が立っている。いつまでも出てこない楓に業《ごう》を煮やしたのだ。

「なななな……！　か、勝手に……！」

文句を言おうとするけれど、驚きすぎて言葉が出てこない。

開けていいと返事をしていないのに、女性のフィッティングルームのカーテンを勝手に開けるなんて紳士とはほど遠い振る舞いだ。

ふたりは夫婦という設定なのだから、スタッフから見れば問題ないのかもしれないけれど……。

一方で、和樹は開けたカーテンを掴んだまま無言だった。楓を驚かせておきながらなぜか自分が驚いているようである。

その彼の反応に、楓は不安になる。やはりこんな洗練された服は、自分には似合わないのだろう。今回は、さすがに不合格……？

「いかがですかー？」

背の高い彼に遮られて楓の姿をよく見えないスタッフが、彼の向こうから呼びかけている。彼はハッとしたように振り返り、楓の前から退いた。

「わぁ、すごく素敵です～！」

スタッフがハイテンションでお世辞を言う。別のスタッフが楓に見えるように鏡を向けた。

さっき美容室で整えてもらった髪とメイクのおかげだろうか。そこに映る自分は普段よりはよく見えた。今朝、家を出た時から比べたら別人だと思うくらいだ。

「やっぱり奥さま、旦那さまのおっしゃる通り、冒険されるべきですよ。とーってもお似合いですよ」

「あ、ありがとうございます……」

スタッフの言葉も素直に受け止められた。

とはいえ肝心なのは和樹の反応だ。彼がジャッジするのだから。

恐る恐る彼を見ると、彼は楓から顔を逸らし、後ろのラックの方を向いてスタッフと話していた。

「その上下は着て帰ることにする。それから今日はできるだけたくさん揃えたい。あちらのラックから、こういうテイストのものを片っ端からピックアップしてくれ」

表情はわからないが、買うことにしたということは〝合格〟ということなのだろう。楓はホッと息を吐いた。

彼から出た三つ目の〝合格〟に、フィッティングルームの中でしおしおに萎んでいたやる気にまた空気が入っていく。

なんとかなる、やってみよう。

でも、彼の一挙手一投足でこんなにも気持ちが上下する自分に戸惑ってもいた。たとえ相手が上司だとしても、ここまで誰かの言動が気になることなんてなかったのに。

今日の自分はいったいどうしてしまったのだろう?

ホテルのスイートルームに百貨店の外商を呼び、買い物をするという、非日常の世界がそうさせるのか。あるいは……。

台に次々に並べられる色とりどりの服を見つめながら、楓はぐるぐると考えていた。

結局、和樹が納得する量の洋服を揃えるのに午前中いっぱいかかってしまった。昼食はルームサービスで簡単に済ませてから、次に取りかかったのはアクセサリー選びである。

ソファに座り、正面に置かれた鏡に映る自分を見て、楓は心の中でため息をつく。首元でキラキラと輝いているのはダイヤモンドである。

「よくお似合いですよ」

スタッフが胸の前で手を合わせて大袈裟に声をあげる。彼女とは反対に、楓の心はずんと重くなった。

午前中に揃えた洋服も楓からみたらあり得ない値段だと思ったが、ネックレスは桁違いだ。こんな物をつけて会社になんか行けそうにない。

「オフィスシーンでしたらやはりホワイトゴールドが人気ですが、ピンクゴールドも肌馴染みがよくておすすめです。奥さまの好きなお石がおありならオーダーすることもできますが……」

お石とはすなわち宝石のことだろう。楓は慌てて首を横に振った。

「と、特には……！」

キラキラ光る宝石は、むしろない方がありがたい。こうやって試しにつけているだけで、なんだかひやひやとして落ち着かないくらいなのだから。

「石は、あまりついてない方が……」

楓が、遠慮がちにネックレスを外してベルベット素材のアクセサリー置きに置くと、スタッフが心得たように頷いた。

「でしたら、おすすめのシリーズがございます。少々お待ちくださいませ」

そう言って彼女は離れていく。

するとと隣にいた和樹が見計らったように小声で楓に問いかけた。

「どうかしたのか？　真っ青だぞ」

桁違いの価格のアクセサリー選びに、完全にビビッてしまっている楓を不思議に思ったようだ。

「体調でも悪いのか？」

楓はスタッフが戻ってこないのを確認して、小声で答えた。

「そうじゃないです。でも……お、お、値段が……！」

「値段？」

「アクセサリーのお値段です。私、こんなの会社につけていけません……！」

買い物中にあからさまに値段のことを口にするなんてマナー違反かもしれないが、でもこの場合はやむを得ないだろう。

このままでは、ただ妻のふりをするためだけに、とんでもない費用を彼に負担させることになってしまう。

その言葉に、和樹は一瞬驚いたような表情になる。そしてずらりと並ぶアクセサリーと楓を見比べた次の瞬間、噴き出した。そのまま楓から顔を背けてくっくっと肩を揺らしている。

「そんなことで」

「そ、そんなことって……。私にとってはすごく大変なことなんです！　あ、あんなもの、会社につけていけません」

その彼の意外な反応に楓はドキドキしてしまう。彼がこんな風に笑うのを見るのはずいぶんと久しぶりだ。

確か、はじめて会ったあのＢＡＲでも見たような気がするが、あの時はよそ行きの顔だった。

「つけられないわけがないだろう。オフィスにぴったりだって、スタッフが言ってたじゃないか」

笑いながら彼は言う。

せっかく恥を忍んで言ったのに、まったく意に介さない彼に楓は慌てて口を開いた。

「無理です。私、選べません。アクセサリーは許してください」

「ダメだ」

和樹が首を横に振った。

「アクセサリーもちゃんとつけろ。なにがアクセサリーは許してだ。洋服もほとんど俺が選んでやったんだろう。次は自分で選ぶんだ」

「そんな……」

楓が眉尻を下げた時。

「お待たせいたしました」

スタッフが戻ってきて、アクセサリーケースを、楓の前で開いた。

「このあたりのラインは、お石ではなくゴールドのよさを前面に押し出したデザインです。お石の輝きが抑えられる分、さりげなくつけられるので人気です」

ずらりと並ぶネックレスは、確かに石の輝きは抑えられてはいるが、その分ゴールドが輝きを放っている。助けを求めるように和樹を見るが、彼は眉を上げて首を傾げただけだった。

目が、『やってみろ』と言っている。

でも命令しているというよりは、どこか面白がっているようだった。

仕方なく楓は並べられたネックレスに視線を落とす。はっきり言ってどうやって選べばいいのか見当もつかなかった。

……でも。あるネックレスが目に留まる。

「これ、クローバー？」

ハート型の葉っぱが三つ広がっている、可愛らしいデザインだ。でも三つ葉というのが意外だった。幸運を呼ぶと言われる四つ葉はモチーフとしてよく見るが、三つ葉は珍しい。

「可愛い……」

思わず楓は呟いた。

そもそもクローバー自体が、楓にとっては特別だ。言うまでもなく、三葉商船を彷《ほう》彿《ふつ》とさせるからだ。

勤務先に愛着を感じるなんておかしいと自分でも思う。でも、絶対に実家には帰りたくない楓にとっては、安心の象徴のようなものなのだ。三葉商船に入社してはじめて、楓はひとりで生きていけるという安心感を得られた。

ちょっとした小物を選ぶ時、つい手が伸びるのは、クローバーのデザインのものだった。

「三つ葉は珍しいですね」

楓が言うとスタッフが頷いた。

「四つ葉が多いですね。幸運の象徴ですから」

「でも三つ葉の花言葉も素敵だから、もっとあってもいいんだけど。愛情、信頼……」

その楓の言葉に、スタッフが「まぁ」と言う。そして満面の笑みを浮かべた。

「ええ、ええ、そうです！　三つ葉の方が素敵です。このネックレスは奥さまのためにあるようなものですわ。なんといっても、旦那さまからのプレゼントですもの。こちらのデザイン、ピンクゴールドとイエローゴールドもございますのよ。お待ちください。ただいまお持ちいたします」

そう言って彼女はいそいそと離れていく。

意外なその反応に、楓は目をパチパチさせた。そして彼女は、楓が和樹に対する愛情を口にしたと思ったのだと気がついた。

でも今さら、自分は和樹ではなく会社を思い浮かべたのだと言い訳をするわけにもいかない。

和樹がからかうように耳打ちをした。

「夫婦のふりがうまくなってきたじゃないか」

「そ、そんなつもりじゃ……」

頬が熱くなるのを感じながら楓は言うが、彼は笑うだけだった。

そのうちにスタッフが戻ってくる。同じデザインの色の違うネックレスを楓の前に並べて微笑んだ。

「どれから試されますか？」

そう言われても選べるはずがない。ここで試着してしまえば、お買い上げまっしぐらだ。さっきのダイヤモンドよりはマシだけれど、このクローバーデザインもあり得ない値段だ。

「あの……」

「楓には、ピンクゴールドが似合うんじゃないか？」

和樹が言って、ネックレスに手を伸ばした。

「つけてあげよう。ほら楓、髪を上げて？」

そう言う彼は、さっきより上機嫌だった。

彼の方こそ夫婦のふりが上手だ。

ここまできて、つけないわけにもいかず楓はしぶしぶ自分の髪を両手でまとめ上げる。そこへ、和樹が慣れた手つきでネックレスをかけた。ふわりと感じるスパイシーな彼の香りに、鼓動がどくんと跳ねる。とっさに楓は目を伏せた。ただネックレスをつけてもらっているだけなのに、こんなにも反応してしまう自分が恥ずかしい。頬だけでなく、首と耳まで赤くなっているのがわかった。

女性とのこういうやり取りに慣れているであろう和樹は、きっとこんな自分をおかしく思っているだろう。

うなじに触れる彼の手がネックレスの金具をつけ終えるのを、楓は息を殺して待っている。胸が痛いくらいに高鳴って、もう一瞬も耐えられそうにはない。

……それなのに彼はなかなかつけ終わらない。

「金具、うまくいきませんか?」

スタッフからの問いかけに、少し掠れた声で「いや、大丈夫」と答えてから、ようやく楓から離れた。

「わぁ、素敵です」というスタッフの声に楓は顔を上げる。首元にちょこんと輝くクローバーのネックレスは、思った以上に可愛かった。

「可愛い……」

着飾ることや無駄な物を持つことにはあまり興味のない楓は、アクセサリーを欲しがる人の気持ちがよくわからなかった。でもこうしてつけてみると、それがよくわかった気がする。

後ろで和樹がフッと笑った。そしてスタッフに向かって口を開く。

「これをもらおう。このままつけて帰れるかな」

「もちろんでございます！　今タグをお切りいたしましょう。お待ちくださいませ」

スタッフは声を弾ませてハサミを取りに行く。

それを見送ってから、和樹が鏡越しの楓の耳に囁いた。

「よく似合うよ」

……これは、ただの〝合格〟の合図だ、と楓は自分に言い聞かせる。あるいはただの夫婦のふりか。

けれど高鳴る胸と、頬の火照《ほて》りはなかなか収まらない。

優しげにも思える和樹の眼差しを見つめながら、さっき彼に触れられたうなじを、いつまでもこそばゆく感じていた。

「やっと終わった……」

スタッフたちが品物を片付けている隣で、ソファに腰を下ろし楓はぐったりとして呟いた。

向かいの席に座る和樹は、涼しい顔だった。

アクセサリーを選んだ後も買い物は続いた。

楓に必要な靴やバッグまで揃えたからだ。ようやく和樹が納得するものすべてを買い終えた今、すでに午後三時を回っている。

もうくたくただった。

そもそも、たくさんのスタッフに囲まれて、まるでお姫さまのように扱われるという状況もはじめてのことなのだ。それに加えて、彼の言動にジェットコースターのように上がったり下がったり、いちいち反応してしまうのに疲れてしまっている。

資格試験の勉強をしている方が何倍もましだと思うくらいだった。

「疲れた……」

肘置きに突っ伏している楓に、和樹が首を傾げ、からかうような言葉を口にする。

「意外とやわなんだな。鉄の女は年度末に戦場と化した経理課でも平然と残業をこなしているという話だが……あれはデマか？」

「それとこれは別です！　……仕事の方がよっぽど楽ですよ」

顔を上げて反論すると、和樹がくっくっと肩を揺らして笑った。

彼の方はまったく疲れていないようだ。楓のものを選びながら、合間合間に仕事までしていたというのに。

いったい、どういう体力の持ち主なのだ?と考えて、いや違うと思いあたる。彼が余裕でいられるのは、女性とのこういうデートに慣れているからだ。そのことに気がついて、楓の胸がツキンと鳴る。灰色のもやもやとした気持ちが広がっていく。

いったい、この気持ちはなんだろう?　悔しいような、寂しいような……。

「三葉さま、そろそろよろしいでしょうか?」

すべての商品の運び出しが完了したのを見届けて、ホテルのスタッフが和樹に向かって声をかける。

「ああ、準備してくれ」

和樹が答えると、ワゴンを押した別のスタッフが入ってきた。ワゴンには、スコーンやケーキ、サンドイッチ、紅茶などが載っていて、楓の前のテーブルに並べられていく。

「これ……。もしかして、アフタヌーンティーですか?」

和樹が頷いた。

「ああ、そうだ」

「美味しそう!」

目の前に並べられたまるで宝石のようなスイーツに、楓のもやもやは吹き飛んだ。昼ごはんは食べたから、格別お腹が空いているわけではないが、とにかく疲労を感じていて身体が甘い物を欲している。しかも楓は、スイーツに目がない。

これは、食べてもいいのだろうか……？　それとも……？

楓がチラリと和樹を見ると、彼は腕を組んで眉を上げた。

「次はマナー講習だ。俺の妻として恥ずかしくない振る舞いができるよう練習をしてもらう」

「えー……」

楓はガックリと肩を落として脱力した。

……つまり指導の一貫だというわけだ。

「今からですか……」

思わず情けない声が出てしまう。

そりゃ一カ月後にパーティに出席するのだから、マナーを身につける必要はある。五つ星ホテルは実践しながら学ぶ場として最適だろう。ついでだから今日やってしまおうというのは納得だった。

でもだからといって今からと言われると、つらかった。とにかく今は……疲れ切っている。

とはいえやらないわけにはいかないのだろう。すでにアフタヌーンティーはオーダーしてしまっているのだから。

「……わかりました。頑張ります……」

眉を下げ、しょんぼりとして言うと、和樹が噴き出した。そしてそのまま、ははは と声をあげて笑っている。

意外な彼の反応に目をパチパチさせていると、彼は心底おかしそうに口を開いた。

「嘘だよ。今日一日頑張ったご褒美だ。好きなように食べてくれ」

その笑顔に、楓の鼓動はまたスピードを上げていく。

紳士的な表の顔、ビジネスの場のやり手の顔、失礼極まりない本当の顔、いろいろな彼を見てきたけれど、どこか無邪気にも思えるこんな笑顔ははじめてだ。

頬が熱くなるのを感じながら、楓は彼に言い返す。

「もう、からかわないでください」

「君があまりにも物欲しそうにケーキを見ているからだ。からかってくださいと顔に書いてある」

無茶苦茶な彼の言い分に、楓は頬を膨らませた。

「な、なんですかそれ！　私、物欲しそうになんて見ていませんし、からかってくれなんて思っていません」

「そう？」

完全に面白がっている彼を、楓はじろりと睨むけれど……本心から腹立たしいとは思えなかった。

「和樹さんがモテるって話、嘘じゃないかな。美味しそうなケーキを並べておいて、こんな風に女性をからかうなんて……。女性とはたくさん付き合ったっていう話だけど、案外、フラれてばかりだったりして」

口を尖らせてぶつぶつ言うと、和樹が肩をすくめた。

「女性をからかったことなんか今までないよ。君が言うように、女性はプライドが高いからね。少しでも気に入らないことがあればすぐに怒って帰ってしまう。面倒くさいから常に紳士的に丁寧に接していた」

澄ました顔でコーヒーを飲んでそう言った。

その言葉に、楓はなぜか嬉しくなる。つまりはこんな彼を見た女性は自分だけということだ。……と、そこではたと気がついてその考えにストップをかける。

女性はからかわないと言う彼が、楓のことをからかった。ということは、彼は楓を女性として見ていないということだ。喜んでいる場合じゃない。

……いったい自分はどうしてしまったのだろう？

もやもやしながら、楓はショーケースのように並べられたケーキを自分の皿に取り分ける。まずはガトーショコラ。ひと口食べてすぐに楓のもやもやは吹き飛んだ。

さすがは五つ星ホテルのスイーツだ。上品な甘さとなめらかな舌触りに感動すら覚えるくらいだった。口元に自然と笑みが浮ぶ。アフタヌーンティーは、サンドイッチやスコーンなどを食べる順番が決まっていたように思うが、気にせず楓はスイーツばかりを口に運ぶ。小さなサイズのケーキは、いくらでも食べられた。

視線を感じて和樹を見ると、彼はコーヒーカップを手に、楓を見て口元に笑みを浮かべていた。

「……なんですか？」

問いかけると、彼はカップを置いた。

「いや、べつに。うまそうに食べるなぁと思って」

そして少し懐かしそうに目を細めた。

「ロサンゼルス支社のアメリカ人支社長のホームパーティに参加したことがあるんだ。そこで会った彼の娘さんを思い出していたんだよ。彼女もデザートのケーキを目を輝かせて食べていた」

「スイーツがお好きな方だったんですね」

「まあね」

頷いてから、彼はなにかを思い出すような表情になり、次の瞬間噴き出した。

「八歳の子だったけどな」

「なっ……！」

言葉に詰まり、楓は頬を膨らませた。

またこの人は！

ケーキを食べてる姿を見て八歳の女の子を思い出すなんて、楓のことを女性として どころか大人としても見ていないということだ。本当に失礼極まりない。

「それにしても、君は甘い物が好きなのか。意外と可愛いところがあるんだな」

可愛いという言葉にドキッとしながらも、楓はぷりぷりとして口を開いた。

「うちは父がうるさくて、小さい頃はケーキとか甘い物はあまり食べさせてもらえなかったんです。そもそも田舎だから美味しい洋菓子店も近くにはなかったし」

上京してからはそのあたりの問題は解決したが、金銭的な都合からあまり値の張るものは食べられない。せいぜいコンビニスイーツくらいだった。それだって十分美味しいけれど。

「なるほどね。じゃあいい機会だから、好きなだけ食べていいよ、お嬢さん」

まるで小さな子供を相手にするような彼を、楓は睨み、精一杯の嫌みを口にする。

「さっき和樹さんは女性には紳士的に接していたとおっしゃいましたけど、それをやめて今みたいに振る舞えばいいと思います。そうすれば仮面夫婦なんてふりをしなくても、あっという間に周りは静かになりますよ」

少し仕返したくなったのである。

「表の顔と裏の顔をずいぶん上手に使い分けられているみたいですが」

「俺は三葉家の長男で、いずれは巨大なグローバル企業のトップに立つ人間だ。無駄に敵を作るのは得策ではない」

「でも恋愛はプライベートなんだから、べつにいいんじゃないですか」

その楓の言葉を、和樹は鼻で笑う。

「恋愛は自由か。やっぱり君はお子さまだな」

「なっ……！」

「俺にプライベートなんてものは存在しない。三葉商船を担う人間の人となりは、常に世界中から見られているんだから」

そう言われて楓は言葉に詰まる。

「それに体裁を取り繕っているのは君もだろう？　改めて話をしてみたら会社での評判とずいぶん違う」

「え？　……そんなことはないと思いますが……」

「自分で気がついていないのか。有能で隙がなくいつも冷静だという話だが、服装やメイクに関してはまるでポンコツだ。アクセサリーを選ぶのが、やっとだったじゃないか」

そう言ってまた笑っている。

渾身《こんしん》の嫌みをあっさりと切り返されて楓は口を閉じた。

タチの悪い男だ。自社の社員であり、契約結婚をしているというビジネスパートナーでもある楓をこんな風にからかうなんて。

でも本当にやっかいなのは、その彼の言動をまったく腹立たしく思えない自分自身だった。怒らなくてはならないのに、なぜか心はふわふわする。

本当に、今日の自分はどうしてしまったのだろう？

とにかくこんな危険な人物には、極力関わらないに限る。

もうなにも言うまいと心に決めて、楓はまたケーキを食べた。

彼の方は、仕事用のタブレットを手にすることなく、どこかリラックスした様子で窓の外を眺めながらコーヒーを飲んでいる。

臨海地域にあるこのホテルからは、夏の日差しに照らされた海を見ることができた。キラキラと輝く水面を、大きな船が大海原に向けて出港していく。

不意に、和樹が呟いた。

「どこの船だろう。……あれは、外国船だな」

独り言のようだ。楓に言ったというよりは、頭に浮かんだことがそのまま口から出たのだろう。遠くに浮かぶ黒い船を見つめるその瞳はどこか愛《いと》おしげですらあった。

「……船がお好きなんですか？」

フォークを置いて楓は彼に問いかけた。言ってから少し間の抜けた質問だと気づく。世界的な海運会社の次期リーダーである彼にとっては、船はビジネス上の重要なツールだ。好きかどうかの対象ではないだろう。

でもその質問に、意外にも彼は素直に頷いた。

「ああ、好きだ。……本当は船乗りになりたかったんだ」

意外な答えだった。海運会社にとって船員はなくてはならない存在で、彼らがいなくては成り立たない。でも創業者一族の御曹司である彼が憧れる職業ではないように思う。

「海が好きなんだよ。でっかくてどこまでも続いている。船があれば、世界中どこへでも行けるんだ。……どれだけ見ていても飽きない。船乗りは、一年の半分以上を海の上で過ごせるんだ。最高だと思わないか？」

まっすぐな思いを語るその彼の視線は、煌《きら》めく海を行く船を見つめたままだった。

「どうしてもなりたいと反発して親を困らせたこともあったな。さすがに今は、納得してるけど。好きな気持ちは変わらない」

言い終えて、和樹が楓に視線を戻す。

楓の鼓動がとくんと跳ねた。

まるで大海原を映し込んだような彼の綺麗な瞳を見つめながら、楓は最近彼が立ち上げたあるプロジェクトを思い出していた。船員たちの職場環境の改善に関するものである。

船員たちは、多くの時間を家族と離れて海の上で過ごす。当然休む時間も船の中だ。しかしとてもじゃないが、プライベート空間の確保などはできないから、ストレスを抱えることが多い。それを解消するために船自体を改装して、彼らがよりよい環境で働けるようにしようという計画だ。

だがすべての船でそれを実現するには莫大な資金が必要だ。しかも船員でない本社の人間には理解されづらい部分でもあるため、反対の声も少なくはない。それでも彼は、熱心に取り組んでいるという。

船員を『船乗り』と呼ぶ彼は、経営者一族の御曹司として船に乗ることはできなくても、心は常に彼らと共にあるということだろう。

胸を撃ち抜かれたような心地がした。

会社を思う彼の情熱は本物だ。彼が副社長に就任してからの半年で、代替わりに対する社員の不安はなくなりつつあった。

たくさんのプロジェクトに携わり、どんなに忙しくとも、メンバーの意見ひとつひとつに丁寧に耳を傾ける彼が、後継者でよかったと、はっきり口にする社員も少なくはない。

『三葉和樹は三葉商船にとってなくてはならない存在となるだろう』

そう言ったのは誰だったか。

彼がトップに立てば、三葉商船はさらなる発展を遂げるだろう。

「出張も、本当は飛行機じゃなくて船を使いたい。船が飛行機に負けるのは、スピードだけだ」

無邪気な対抗心を口にして、彼はまた大海原に目をやった。少し癖のある黒い髪が日の光に透けるのを、楓はジッと見つめていた。


午後十時を過ぎた三葉家の離れで、パジャマ姿の楓は資格試験のテキストを広げている。デスクに頬杖《ほおづえ》をつき、シャーペンでトントンとノートを叩きながら、テキストの文字を目で追ってはいるけれど、まったく内容が頭に入ってこなかった。

もうかれこれ一時間、この調子だ。

ため息をついてペンを置き、楓は隣のベッドにごろんと横になる。タオルケットにくるまって窓の外、三葉家の夜の庭を見つめた。

アフタヌーンティーの後、和樹の運転する車でふたりして帰宅の途についた。途中夕食でもと誘われたが、アフタヌーンティーでお腹がいっぱいだった楓はそれを断った。結局今に至るまでなにも食べていないが、まったくお腹が空いていない。

……どうしてか、胸がいっぱいだった。

帰宅後、和樹とはリビングにて別れた。プライベートスペースでいつもの生活に戻ったわけだが、楓の気持ちは平常心には戻らない。ひとつ屋根の下に彼がいるのだということが気になって、どうにも落ち着かない気持ちになってしまう。資格試験の勉強など、まったく手につかない状態だ。

目を閉じると、昼間の出来事が脳裏に浮かんでは消えた。

——彼の。

楓の髪を見つめる真剣な眼差し。

楓をからかう、無邪気な笑顔。

青い海を見つめていた綺麗な瞳……。

息を吐いて、楓は枕を抱きしめた。胸がざわざわとして不安だった。気を抜くと勝手に彼のことを考える思考とそれに浮き立つ心の暴走を、どうしても止められない。はじめてのこの気持ちが、どこからくるものなのかわからなくて怖かった。

……なんでもない。はじめてづくしの一日と、美味しいケーキが嬉しかっただけ。

そう自分自身に言い聞かせて、楓は枕に顔をうずめる。そのまま眠ろうとするけれど、やっぱりうまくいかなかった。

……結局楓はその後も何度も何度も寝返りを打ち、空が白みはじめる頃、ようやく眠りに落ちたのだ。

三葉夫妻に異変あり

「今週一週間、階下は大騒ぎでしたよ」

三葉商船本社ビル最上階にある副社長室にて、午後に予定されている会合に向けて資料を読み込んでいた和樹は、第一秘書の一ノ瀬の言葉に顔を上げた。

「大騒ぎ？」

尋ねると、彼は含みのある笑みを浮かべた。

「奥さまの件です。週末デートの効果でしょう」

和樹は手にしていた資料を置いて椅子に身体を預けた。

ひとつ年上の一ノ瀬は、戦前、三葉家の家令を務めていた一ノ瀬家の長男で、兄弟のように育った仲だ。もちろん現代では昔のような主従関係はないが、和樹が海外事業部部長として世界中を飛び回っていた頃から、和樹の秘書のような仕事をしている。

和樹が唯一、心を許せる人物だ。

勤務中は一応敬語を使っているが、基本的には遠慮がない。

楓との契約の件も知っていて、楓が和樹との結婚により嫌がらせを受けるようなことはないかも含めて、社内の情報に常に目を光らせている。仮面夫婦という噂が流れていることを和樹に知らせたのも彼だった。

「奥さまが見違えるほどお綺麗になられたので、皆、度肝を抜かれているようです。奥さまといえば、白と黒の上下に紺色のカーディガンで知られていましたから、急に洗練された洋服を着て出勤されただけでも珍しく感じるのでしょう。週末に揃えられたんですね？」

「ああ」

一ノ瀬からの指摘に和樹は頷いた。

先週末の楓との買い物から六日が経った。次の日から和樹はまた忙しくする日々で、彼女としっかり顔を合わせているわけではないが、どうやらうまくやっているようだ。

「それにしてもお綺麗になられました。はじめは皆、奥さまとわからなかったくらいです。あんなに美人だとは知らなかったと言っている社員もおりますよ」

その意見を、和樹は鼻で笑った。

「天下の三葉商船の社員の目は節穴だな。彼女は無駄に着飾らないだけだ。少し注意して見れば、彼女が魅力的だということくらいわかるはずだ」

自分もはじめは楓の質素ななりに批判的なことを言ったのも忘れて、和樹は得意な気分で言った。

あの夜、なぜ自分が彼女に契約終了を言い渡さなかったのか、その答えに辿り着いたと和樹は思う。ほんの少しヘアカットとメイクを施しただけで見違えた彼女の素質に気がついていたからだ。

「服も靴もアクセサリーも、ほとんど俺がプロデュースしてやったんだから、それらしくなるのは当然だ」

言い切ると、一ノ瀬が首を傾げた。

「副社長が、奥さまの持ち物を一緒にお選びになられたんですか？　……珍しいですね」

「ああ、仮面夫婦だという例の疑惑を払拭するためだ。このままでは結婚した意味がないからな。彼女が俺の妻らしくなれるよう指導することにした」

「指導……ですか」

「今までまったく関わらないでいたから知らなかったんだが、彼女、服も靴もバッグも数えるほどしか持ってないんだ。だから一から揃えることにしたんだが……」

と、そこでスイートルームでの楓の様子が頭に浮かび、和樹の口元に笑みが浮かぶ。

「彼女、外商に囲まれても全然自分でちゃんとしたものを選べないんだよ。……だから仕方なく、俺が……」

　こらえきれなくなって、和樹はくっくと肩を揺らして笑った。

　そもそもはじまりからしておかしかった。外商の面々に向かって、『本日はお集まりいただきありがとうございます』と深々と頭を下げていたのだから。

　真面目な彼女らしい行動だが、三葉家の長男の妻としてはややズレた振る舞いだ。指導すると言った手前、訂正するべきだったかもしれないが、咎める気にはなれなかった。そんなところはそのままでいいと思ったからだ。

　一ノ瀬がやや戸惑いながら頷いた。

「なるほど……。だから、あの日は副社長のレスポンスが少し鈍かったんですね。まぁ、業務に差し障りはなかったですが」

「服から靴、アクセサリーまで全部俺が一緒に選ぶ必要があったから、仕事だけに集中できていたとは言えないな」

　一ノ瀬が意外そうに声をあげた。

「え、全部、一緒に、ですか？」

「そうなんだ。彼女、服や靴に関しては知識がないどころか興味もないようで苦労したよ」

和樹がため息をつくと、一ノ瀬が解せないというように首を傾げた。

「それにしては、あの日の副社長は、あまりお疲れではないようでしたが」

「それは……」

そう言われて和樹はあの日の自分について違和感を覚えて口を噤む。確かにそうだと思ったからだ。

今、彼は『お疲れではない』と柔らかく表現したが、すなわちそれは和樹が苛立っていなかったということを指す。

過去に女性と付き合っていた頃の和樹は、基本的には買い物に付き合うことはなかった。どうしてもプレゼントが必要な時は一ノ瀬に手配させていたのだ。

女性が身につけるものには興味がないし、そんなことに使う時間は自分にはない。それなのにどうしても買い物に付き合ってほしいと言われることもあって、煩わしく感じたものだ。

あの日和樹は、必要最低限のものどころか、楓に必要なすべてのものを一緒に選んだ。それなのに苛立ちはまったく感じなかった……。

「まぁ……彼女との関係は恋人ではないし、ある意味仕事みたいなものだから……」

曖昧《あいまい》に答えると、一ノ瀬は一応納得する。

「そうですか。ちなみに奥さまは喜ばれました？」

その問いかけに和樹は即座に首を振った。

「いや、まったく。俺の妻らしくなることに関しては多少やる気にはなったみたいだが、物を買ってやったこと自体は……仕事に必要なパソコンかなにかを支給された程度に思ってるんじゃないかな」

喜ぶどころか、『こんなに必要ですか？』と困惑すらしていた。それを思い出し、和樹はあることに気がついて考え込む。確かに彼女が言った通り、想定していたよりも服も靴もたくさん買ってしまったと思ったからだ。

一カ月という猶予期間を考えたら、あんなにいらなかったかもしれない。

どうしてだ？と考えて、頭に浮かんだのは、試着室の中で真っ赤になっていた楓の姿だった。普段とは違う明るい色と上品なデザインの服が驚くほどよく似合っていた。彼女のそういう姿をもっと見たいと思い試着をさせているうちに、いつの間にかあの量になっていたのだ。

「……ちょう、副社長？」

一ノ瀬からの呼びかけにハッとして、和樹は口を開いた。

「とにかく、まったく喜んではいなかった。困惑していたよ」

「奥さまらしいですね」

一ノ瀬がくすりと笑みを漏らした。

「そういえば、奥さまの新しいネックレスが話題になっていましたよ。三つ葉のデザインが意味深だと……。三つ葉は副社長を連想させますから、奥さまと副社長はやはり夫婦だったのだと改めて認識してショックを受けている女性社員も多いようです。これも仮面夫婦という噂を払拭するために副社長が考えられたんですね？」

一ノ瀬からの問いかけに、和樹は首を横に振った。

「あれは彼女が自分で選んだんだ。俺じゃない」

あの三つ葉のネックレスを選んだ後、スタッフから『奥さまのためのネックレス』と連呼されて、彼女は真っ赤になって呟いていた。

『そんなつもりじゃなかったのに……』

おそらく彼女が三つ葉のクローバーの花言葉を知っていたのは、会社名を連想するからで、和樹に対する特別な感情からではない。でも今この時も、三つ葉のネックレスが彼女の首元に輝いていると思うだけで、和樹の中のなにかが満たされる心地がする……。

なぜだ？と和樹は眉を寄せる。

一ノ瀬が感心したように口を開いた。

「なるほど、さすがは奥さま。効果は絶大でした。評判通り優秀な方ですね」

「どうだろう？　彼女自身は狙ったわけではなさそうだったが。そもそもアクセサリーを選びはじめた時は、青ざめてろくに口もきけない状態だった」

「……青ざめて？」

「ああ、値段にビビッていたようだ」

言いながら、和樹はアクセサリーを選んでいた時の楓の様子を思い出していた。

『私、こんなの会社につけていけません……！』

あわあわと言っていた楓を思い出し、また笑いが込み上げてくる。口元を手で覆い、くっくと肩を揺らした。

「俺、アクセサリーの値段を知って喜ばれたことはあるけど、青ざめる女ははじめて見たよ」

この世の終わりのような顔をして、ダイヤモンドのネックレスを試着していた姿がおかしかった。控えめだけれど輝きが美しいシンプルなネックレスは、彼女によく似合っていたというのに。

と、そこでクローバーのネックレスをつけてやった際の彼女のうなじと、ふわりと感じた無垢な香りが頭に浮かび、なにかが込み上げてくるような感覚に襲われる。

和樹は笑いを引っ込めた。

契約継続を決めた時の夜もそうだったが、彼女のあの香りは、和樹の中の思考力や集中力を鈍らせるようだ。ただ女性にネックレスをつけるという、和樹にとっては手慣れた行為でさえ、うまくできなくなったのだから。

顔を上げると、一ノ瀬が驚いたような表情で固まっている。

和樹は首を傾げた。

「どうかしたか？」

「……いえ」

一ノ瀬が取り繕うように瞬きをした。

「なんでもありません。ですが謎がひとつ解けました」

「……謎？」

「はい、今週の副社長がお元気だということの謎です」

一ノ瀬の言葉に、今度は和樹がフリーズする。まったく意味がわからなかった。

一ノ瀬が言葉の訳を説明をする。

「帰国してからの副社長は、まったく休みを取られていません。ご趣味のサーフィンも帰国前に行かれたきりです。ですからさすがに最近はややお疲れの様子でしたが」

今彼が言った通り、副社長に就任してからの和樹は働き詰めだ。

本来は体調管理も仕事のうちと、以前の和樹は意識して休みを取るようにしていた。だが帰国してからはそれがまったくできていない。休暇が必要なのは確かだが、今はとにかく業務に集中したいからだ。そしてそれに疲れを感じてはいたのは確かだった。

――でも今週はどこかスッキリとした気分で仕事に取り組めている……。

「そのように楽しそうな副社長を見るのは久しぶりです。よい週末をお過ごしになられたようですね。それでは報告は以上ですので失礼いたします」

意味深ににっこりと笑って、一ノ瀬は部屋を出ていった。

パタンと閉まるドアを見つめて、和樹は椅子の背もたれに背を預ける。両手を膝の上で組んで考えた。

『よい週末』

楓との買い物は仕事のようなもので、目的はリフレッシュではない。だが一ノ瀬の指摘を見当違いだと断言できない自分がいるのも確かだった。今彼が言った通り、ただ笑うことすらずいぶんと久しぶりな気がするくらいなのだから。

さっき和樹は、契約継続の理由を彼女のポテンシャルに気がついたからだと考えた。

もちろん、それもあるだろうが……。

――それだけではなかったということか？

そのことに思いあたり、和樹は改めて週末の自分の気持ちを思い出していた。この一週間、意識して考えないようにしていた部分だ。そこで起こった自分自身の変化にしっかりと向き合ってしまったら、今まで避けてきたやっかいな、なにかの扉を開けてしまいそうで。

和樹を下の名で呼ぶ、ただそれだけのことで、茹《ゆ》で上がるようになっていた楓。和樹が少し触れるだけでいちいちびくびくとしていた。まったく男慣れしていないその反応は人妻とはほど遠い。契約妻としてはマイナスでしかないはずなのに、その反応を楽しんでいる自分がいた……。

和樹がからかうと頬を膨らませて睨んでいたあの潤んだ目を思い出して、和樹はふーっと息を吐いた。

――いったい、なにをやってるんだ俺は。

女性に対してあんな風に振る舞ったことなど今までなかったのに。

胸がざわざわとして落ち着かない。このままでは業務に支障が出そうだと思い、和樹は立ち上がった。少し休憩をしてこよう。

一階のカフェへコーヒーでも買いに行こうと机を回り込んだ時、ドアがノックされる。応えると黒柳が入ってきた。

「失礼します、副社長。……どうかされましたか？」

和樹が立っていることを、不思議に思ったようだ。

「下のカフェに行ってくる」

答えると、彼女は首を傾げた。

「コーヒーならお淹れしますが」

「いや、いい。気分転換を兼ねて自分で買いに行く。君こそどうしたんだ？」

今度は和樹が問いかけた。この後の和樹の予定は、昼食を挟み出先へ向かうというものだ。同行する秘書は彼女だが、出発までは時間がある。

「午後に副社長が向かわれる先の近くにこの前のパーティでお話しになっていたオーナーのレストランがございます。せっかくですから、そこでランチをとられてはどうかと思いまして」

なるほど、そうすれば次にパーティでオーナーと顔を合わせた時のやり取りがスムーズにいくというわけだ。和樹としてはありがたい提案だ。

とはいえ、その奥にある彼女の真意に気がつかないほど馬鹿ではない。彼女を車に残し、自分だけがレストランで食事をするなどということは普段の和樹の振る舞いからはあり得ない。すなわち一緒にランチをとろうという誘いだ。

「海が見えると評判のレストランだそうですから、副社長のリフレッシュにもなるのではないかと思いまして。予約が取れないことで有名ですが、副社長の名前を出せばなんとかしていただけるでしょう」

そう言って彼女はゆっくりと和樹に歩み寄り、互いの香りを感じられるくらい近くまで来て足を止めて微笑んだ。上司と部下の距離としては、近すぎる。

楓との結婚で一度は大人しくなった黒柳だが、仮面夫婦だと疑っているからか最近はこういうことがまた増えた。彼女から感じる強い花のような甘い香りが不快だった。

和樹は意識して口元に笑みを浮かべた。

「ありがとう、気がきく部下を持って私は幸せだ。だけどそれはまたの機会にするよ。午前中に済ませておきたいことがあるから出発時間を早めるわけにはいかない」

労《ねぎら》いの言葉を忘れずに、注意深く言葉を選んで断ると、彼女は残念そうに目を伏せた。

「そうですか……」

「用はそれだけ？　ならお先に」

確認して和樹は歩きだそうとする。すぐにでも部屋を出たかった。このようなことは和樹にとってはしょっちゅうで慣れているはずなのに、なぜか今は苛立っている。

『私にこういう経験がないのは、副社長もご存じでしょう?』

そう言って頬を膨らませていた楓の姿が頭にチラついた。部屋を出ようとドアノブに手をかける。そこでまた呼び止められる。

「お待ちください副社長。今日のお帰り先の確認もさせてください」

そう言って彼女は、探るような目で和樹を見た。和樹は一旦ドアから離れ、今日のスケジュールを思い浮かべた。

今日は月に一度の〝夫婦の日〟。つまりいつもより早く業務を切り上げる日だった。

こういう日は、たいていどこか適当なホテルへ送ってもらう。その中のレストランで楓と食事をするふりをするのだ。

もちろん実際にはひとりだから、そこで食事をするかあるいはＢＡＲで時間をつぶすか、場合によっては部屋を取り仕事をしてからタクシーで帰宅する。まっすぐ家に帰らないのは、楓と鉢合わせするのを避けるためだった。

彼女と顔を合わせたくなかったわけではない。ただ、互いに顔を合わせない方が気楽だからだ。今だって、仮面夫婦であることは変わりない。だからいつものように適当なホテル名を告げるべきなのだ。

そうするべきなのだが……。

和樹の脳裏に、アフタヌーンティーの時の楓の姿が浮かんだ。おそらくは奨学金返済のための節約生活で、高級なスイーツは頻繁には食べられないのだろう。和樹が自分の分もどうぞと言うと、恥ずかしそうに一旦は首を振り、でも結局は嬉しそうに食べていた。

一瞬の沈黙ののち、和樹は口を開いた。

「今日は直帰する。自宅まで送ってくれ」

黒柳が目を見開いた。

「珍しいですね」

無理もない、和樹が本社勤務になってからは、はじめてのことだった。

「ご自宅で奥さまとご夕食ですか？」

「ああ。もちろん、妻の方が残業にならなければの話だが」

答えると、黒柳が疑わしいというように、わずかに目を細める。でもすぐににっこりと微笑んだ。

「かしこまりました。ではそのように手配いたします。また出発時間になりましたら、呼びに参ります」

そう言って和樹を追い越し、部屋を出ていった。

ドアが完全に閉まったのを確認して、和樹は近くのソファに腰を下ろし、ため息をついた。彼女がまだドアの近くにいると思うと、すぐに出ていく気にはなれなかった。

こんなやり取りは和樹にとってはよくあること。べつにどうというわけでもないはずだ。今まで和樹が接してきた女性たちは、皆あのようなものだった。好意を抱いているはずなのに、腹の探り合いのような駆け引きをする。

そんなことは朝飯前だったのに、今は言いようのない不快感を覚えている。

――また、あの買い物の日の出来事が頭に浮かんだ。あの日は、お互いによく知らない女性と一日中過ごしたはずなのに今のような苛立ちはまったく感じなかった。それどころか、普段は一ノ瀬以外の誰にも見せていない自然体の自分でいたようにも思える。

それは楓が自分に好意を抱かないと安心できる相手だからか。

あるいは……。

黒いソファに肘をついて和樹は考え続けていた。

＊＊＊

「ほら、あの人だよ。例の……全然違うでしょう？」

「本当だ！　なにがあったの？」

ザワザワと社員が食事をする三葉商船の社員食堂で、亜美と向かい合わせで昼食をとっていた楓は、そんな声が聞こえてきて箸を持つ手を止めた。

思わず振り返ると、話していたと思しき女性社員と目が合った。彼女たちはハッとしたように口を閉じてこちらに背を向けて去っていった。

亜美が首を傾げた。

「楓さん？　またなにか言われてたんですね。大丈夫ですか？」

「うん、大丈夫」

楓はそう言って、日替わり定食の鯖《さば》の味噌煮《みそに》を食べはじめる。が、それは嘘だった。本当はなにを言われていたのか、彼女たちが楓についてどう思っていたのか、気になって仕方がなかった。どこかそわそわしながら箸を進める楓に、オムライスを食べていた亜美が同情するように口を開いた。

「いつもいつも注目されてて、気の毒だなって思いますけど。今回は仕方がないですよ。楓さん本当に可愛くなりましたから。もし悪いことを言っている人がいるとしたら、それは全部嫉妬です」

「あ、亜美ちゃん……！」

大きな声でとんでもないことを言う亜美に、楓は慌てて指でしーっとする。そして周りを見回した。可愛いなんて誰かに聞かれたらと思うと気が気じゃなかった。

その楓の行動に、亜美が意外だというような表情になった。

「珍しいですね、楓さんがそんな風に周りを気にするなんて」

その通りだった。

そもそもいつもの楓なら、なにか言われているなと思っても振り向くこともしない。

水を飲み、心を落ち着けてから、楓は口を開いた。

「まぁ……。一応、今の私の評判は自分だけの問題じゃないっていうか……」

亜美がふふっと笑って納得した。

「まぁ、そうですよね。でも絶対悪い風には言われていませんから。安心してください」

和樹と食事をした日からちょうど一週間が経った。週明けから楓は和樹に揃えてもらった服を着て、メイクも教えてもらった通りにして出勤している。

経理課のメンバーの反応は概《おお》ね良好で、特に三つ葉のクローバーのネックレスに関しては誰に言ったわけではないが、和樹からのプレゼントだと認識されているようだ。夫婦仲がよいことをアピールできていると言えるだろう。

それでも、他の社員たちにどう思われているかわからなくて不安だった。

遠巻きに見られてヒソヒソ言われる状況には慣れているはずが、どうしても気になってしまう。こんなことははじめてだった。

……三葉和樹の妻として、相応しい女性になれているのだろうか。着飾ることでかえって彼の評判を落としてはいないだろうか。それが気になって仕方がない。

ため息をついて水を飲む。

その楓のネックレスに視線を送り、亜美がニヤニヤした。

「半年じゃ、まだ新婚ですもんね。そもそも出会ってからもそんなに経ってないんだし。まだまだ楽しい時期ですよね。羨ましい」

楓と和樹の馴れ初めは、和樹が帰国してすぐにBARでたまたま一緒になり意気投合したという真実を半分織り交ぜたものになっている。

「私なんか、もうその気持ちなくなっちゃったな……」

亜美が、ため息をついて肩を落とした。

「亜美ちゃん、彼とうまくいってないの？」

彼女は、よく楓に彼氏の話をする。つい最近も、ふたりして海外ドラマにハマっていると言っていたのに。

「うまくいってないわけじゃないですけど、付き合って二年ですからね。もうあんまりドキドキはしないかな。キュンキュンもしないし……」

「そうなんだ」

楓が相槌《あいづち》を打つと、彼女はサラダをフォークでつついてつまらなそうにした。

「デートも、家でまったりっていうのばっかりなんです。どっか行こうよって言っても『俺はこういうのが好きなんだ』とか言って。……きっと彼の方も私にドキドキしなくなったんですよ」

「ドキドキしなくなった……」

その言葉を反芻《はんすう》して、楓はふと思い立って彼女に向かって問いかけた。

「ねえ、亜美ちゃん。亜美ちゃんは彼氏のこと、どうして好きだと思ったの？」

亜美が驚いたように目をパチパチさせた。

無理もない話だった。

彼女は楓に雑談代わりにこうやって彼氏の話をすることがよくあった。

『楓さんって私が彼とのこと愚痴ってもあれこれうるさく言わないし、なにより口が固いから、つい話しすぎちゃいます』

あれこれ意見を言わないのは、言うだけの経験がないからだが、とにかくいつもはふんふんと彼女の話を聞くだけだ。自分はしないと決めている恋愛の話だが、他の人の話を聞くこと自体は嫌いではない。

でもこんな風に楓から、彼女に質問したりはしなかった。興味がないわけではなかったが、自分はしないと決めている以上踏み込んだ質問をする必要がなかったのだ。

でも今は……どうしてかはわからないが、聞いてみたいと思ったのだ。

恋愛のはじまりが、どのようなものなのか、を……。

「あ、ごめん。言いたくなければ大丈夫」

驚く亜美に楓は言う。

亜美がにっこりと笑って首を横に振った。

「いえ。……そうですね。彼とは新人研修中の飲み会で、はじめて話をしたんです。その頃私、研修の課題がうまくできなくて悩んでて、その話を聞いてもらっていたんです」

「そうなんだ。で、この人はいい人だから恋人にぴったりだって考えたの？」

尋ねると、亜美はふふふと笑った。

「全然です。はじめはそんなこと考えもしませんでした。むしろ第一印象は最悪で。もっとしっかりしろとか、こんなことで諦めるのかとか、辛口コメントばかりでしたから」

その言葉に、楓は驚いて問いかけた。

「じゃあ、どうして好きになったの？」

第一印象は最悪なのに。

亜美が首を傾げた。

「うーん、自分でもよくわからないですけど。人を好きになるって頭じゃなくて、心で感じるものなんじゃないかな？『まぁ頑張れよ。愚痴ならいつでも聞いてやるから』って彼に肩を叩かれた時、あれ？って思ったんです。それからは、なにをしてても彼のことばっかり考えるようになっちゃって」

「彼のことばかり考えるように……」

楓は彼女の言葉を反芻する。

不思議なことに、そんなことあり得ない、とは思わなかった。

頭に浮かぶのは、この一週間の自分だった。買い物の日の夜に、枕を抱いて一生懸命打ち消そうとした彼に対するよくわからないあの気持ちは、結局今も楓の中に居座っている。

気を抜くとあの日の彼を思い出して気持ちがふわふわとするのを止められない。資格試験の勉強はろくに進んでいなかった。

亜美が懐かしそうに目を細めた。

「なんといっても、第一印象は最悪ですから。はじめは認めたくなくて考えないようにしなきゃって思ってたんですけどね。勝手に気持ちが暴走しちゃって、なんにも手につかないんだもん。もういてもたってもいられなくて、勢いで告白しちゃったんです」

「そうなんだ……」

楓は呟く。

ここのところ不思議に思っていた自分自身の変化に答えが出たような気がするが、それ自体に衝撃を受けている。いや本当は、もう少し前からそうじゃないかと感じてはいたけれど、認めたくなかったのだ。認めたとしてその先に、いいことはなにもないから。

今だって引き返せるものならば、引き返したい。

「……でもさ。まだ全然相手のことを知らないのに。間違いだったってこともあるよね？　亜美ちゃんはたまたま本当に好きだってだけで」

そんなことを言ってみる。相手のことをよく知らないのに、好きになるなんてやっぱりどこか納得がいかない。

「よくよく知って、この人なら好きになっても大丈夫って思ってから好きになるものじゃないのかな？」

少なくとも恋愛に夢を見ていた頃の楓は、そうやって慎重に相手のことを考えていた。結局、そんな相手は現れなかったけれど。

亜美がにっこりと笑って首を横に振った。

「恋に落ちる時は一瞬ですよ、楓さん。しかも落ちるかどうかを自分で決めることはできないんです。気がついたらもう落ちてるんですから」

その言葉に、楓は目を見開いた。

「気がついたら……」

「そうです。っていうか、楓さんの方がよくわかるんじゃないですか？　副社長とBARで意気投合して、そのまま結婚までしたんだから。あー、でも今楓さんと話して彼と出会った時の気持ち、思い出しちゃったなー。やっぱりもうちょっと頑張ってみるかー」

亜美が無邪気にそう言って、オムライスを食べはじめる。

「そ、そうよね。うん、言われてみればその通りかも……」

曖昧に言って楓も箸を進めるが、食欲は一気に失《う》せていた。

結局その後も、亜美の言葉が頭をぐるぐる回って、鯖の味噌煮はほとんど残してしまい、亜美に体調が悪いのかと心配される始末だった。

夜七時を過ぎた三葉家のキッチンで、くつくつと煮えるカレー鍋をゆっくりとかき混ぜながら、楓は昼間亜美と話したことについて考えている。

楓の中で三葉和樹という存在が変わりはじめているのは間違いないと思う。でもまだ恋に落ちているわけではない、そんなはずはないと、一生懸命自分自身に言い聞かせていた。

ただでさえ男性に慣れていないのに、見た目は最上級の相手と夫婦のように過ごしたという、あり得ない状況に心が錯覚してしまっているだけだ。

だってどう考えても、彼の中身は楓が好きになるタイプではない。

女性とは嫌というほど付き合ったと言いながら、女性を信じていないやっかいな男。

女性はからかわないと言いながら楓のことはからかう、失礼な人。

そもそも、好きにならないことを前提に結婚しているのに……。

とはいえ、これから先、顔を合わせることはほとんどない。きっとその間に、また冷静な自分に戻り、以前と同じ気持ちで彼を見られるようになるだろう。

とりあえずそう納得して、楓がコンロの火を止めた時。

「ただいま」

「ひゃっ‼」

突然声をかけられて、楓は悲鳴をあげてしまう。振り返ると、スーツ姿の和樹が、キッチンの入口に立っていた。驚いた表情でやや不満げに口を開く。

「なんだ、こっちまでびっくりするじゃないか」

「す、すみません。でもいらっしゃると思わなくて……」

実際この時間に彼が帰宅するのは珍しいことだった。

「は、早いですね……」

そう言うと彼は頷いた。

「ああ、今日は〝妻と食事をする日〟なんだ」

そういえばそういう日があったと、楓は思い出す。夫婦だということを秘書室にアピールするために、夫婦で過ごしているふりをしている日のことだ。

「そ、そうですか……」

答えながら胸の鼓動が走りだすのを感じていた。

一日中働いたはずなのに、今日の彼も完璧だ。夏らしいストライプ柄のスーツが涼しげで、よく似合っている。額にかかる癖のある髪が……とそこまで考えて楓は慌てて目を逸らす。

頭の中で一生懸命、〝完璧なのは見た目だけ。中身は失礼な人……〟と繰り返した。

それにしても。

どうしてわざわざキッチンに来たのだろう？

早く部屋へ戻ってくれないかな……。

ここはもともと彼の家なのだということも忘れてそんなことを考えてしまう。昼間の亜美との話がまだ尾を引いているのに、ふたりきりという状況は心臓がもちそうにない。

「キッチンになにかご用ですか？」

問いかけると、彼はなぜか少し気まずそうに楓から目を逸らす。でもすぐに、思い切ったように楓に向かって小さな紙の手提げ袋を差し出した。

「これを冷蔵庫に入れようと思って。……君への土産だ」

「……え⁉」

意外すぎる回答に楓は目を丸くする。改めて紙の手提げ袋を見ると、銀座《ぎんざ》の高級洋菓子店『エトワール』の名前が書いてある。

唖然として受け取ることもできない楓に、少し掠れた声で和樹が事情を説明する。

「妻に土産を買って帰るのが、仲のいい夫婦の証拠になるかと思って」

つまりカモフラージュの一環としての行動というわけだ。

「な、なるほど……。確かにそうですね」

納得して、楓は紙の手提げ袋を受け取った。

「私がいただいてもいいんですか？」

恐る恐る楓は尋ねる。

エトワールは、いつかは行ってみたいと思っていた憧れの店だ。

和樹がそっけなく答えた。

「俺は甘い物は食べないから、君が食べないと無駄になる」

「ありがとうございます」

突然降って湧いた幸運に、楓は嬉しくなってさっそくケーキの入った箱を開けてみる。中には小さめのケーキが四つも並んでいた。ガトーショコラ、フルーツタルト、ラズベリーパイ、レアチーズ……。

普段は絶対に手が出せない高級洋菓子店のケーキに、楓は目を輝かせた。

「わぁ、美味しそう！　これ本当に全部私が食べていいんですか？」

声をあげて和樹を見ると、彼は目を細めて微笑んでいた。その笑顔に楓の胸がとくんと鳴る。優しげな眼差しに、楓の脳裏にアフタヌーンティーの時の彼が浮かんだ。青い海に浮かぶ船を見つめていた、愛おしむようなあの視線……。

なんだか変な勘違いをしてしまいそうで、楓は慌ててケーキに視線を戻した。

「でも、四つもなんて。いくら妻へのお土産だとしても多くないですか？」

高鳴る鼓動を落ち着けようと、楓はとりあえず思いついたことを口にする。

すると和樹は、眉を上げて楓から目を逸らした。

「君の好みがよくわからなかったからだ。アフタヌーンティーの時は、全部美味しそうに食べてたじゃないか。だから……」

意外な答えだった。ただのカモフラージュなら、楓の好みなど、関係ない。

「……私の好みを考えて、選んでくれたんですか？」

「どうせなら、残さずに食べる方がいいからだ。じゃあ俺はこれで」

少し早口でそう言って、キッチンを出ていった。

残さずに食べる方がいいと言いながら、四つも買ってきたという、有能な彼らしくない行動に、楓の胸にむずがゆいような温かな思いが広がる。

もちろんこのケーキだって、一週間前に買ってもらった高級ブランドの洋服やバッグ、靴やアクセサリーと意味合いは同じだ。夫婦のふりをするための、小道具にすぎない。

……でもなぜか、どうしてかはわからないけれど、目の前の種類の違う四つのケーキがとても嬉しかった。

ピーと炊飯器が鳴ってご飯が炊けたことを知らせる。楓がカレー皿を出していると、スーツから普段着に着替えた和樹が階段を下りてきた。

「ちょっと出てくる」

そのまま玄関へ向かおうとする彼を不思議に思って、楓は呼び止めた。

「今からお仕事ですか？」

「いや、夕食を買いに行く。今日は妻と食べるという設定だから、途中どこへも寄れなかったんだ」

彼はもともと家で食事をする習慣がない。どこかでテイクアウトするつもりなのだろう。

答えてまたこちらに背を向ける彼を楓は思わず呼び止めた。

「あの！　よかったら……カレー食べますか？　私が作ったのでよければ、ですけど……」

言ってから、しまったと楓は思う。プライベートは互いに関わらないというルールを明らかに逸脱する行動だ。振り返った和樹も意外そうにこちらを見ている。慌てて楓は、言い訳をするように付け足した。

「あの……その、ケーキのお礼に……」

「いや……だが俺は君にプライベートでは妻の役割を要求しないと約束したから……」

ためらいながら和樹は言う。

その、完全なる拒否ではない答えに、楓はもう一度繰り返す。

「妻だから言っているわけではありません。ケ、ケーキのお礼です……」

その言葉で彼も納得したようだ。

「ケーキのお礼か。なら……いただこうかな」

そしてキッチンにやってくる。ふたりしてどこかぎくしゃくしながら、カレーの準備をする。スプーンを二本引き出しから出しながら、和樹が口を開いた。

「君の服装のことだが……」

そう言われて楓は「あ」と言って彼を見た。今は部屋着でノーメイク、髪も料理しやすいよう無造作なお団子だ。声をあげた楓を少し驚いて見る和樹に向かって言い訳をする。

「あの……。これは家に帰ったからメイクを落としたんです。会社ではちゃんと……」

「わかってるよ」

和樹がフッと笑った。

「頑張ってるみたいだな。今日一ノ瀬から報告があった。評判がいいようだ」

「本当ですか？　よかったぁ……」

評判がいいという言葉に、楓は胸を撫《な》でおろす。有能な一ノ瀬からの報告なら確かな情報だ。

「実はすっごく不安だったんです。ちゃんとできてるかなって。後輩は褒めてくれましたけど、彼女はいい子だから悪いことは言わないだろうし……」

安心して気が緩み、楓は少しお喋りになる。

「私自身もともと社内であまり好かれていないから、着飾ることでかえって和樹さんの評判を落とすことだってあるかもしれないなーって思うと、もう気が気じゃなかったです。人の噂がこんなに気になった一週間ははじめてでした」

和樹を見ると、彼はスプーンを持ったまま固まっていた。

「和樹さん……？」

不思議に思って首を傾げると、彼はハッとしたように瞬きをして口を開いた。

「いや、その心配はまったくない。君はよくやってるよ。ありがとう」

言い切って楓を見る。その視線とまっすぐな労いの言葉に楓は嬉しくなる。と、同時に部屋着でお団子頭だということが急に恥ずかしくなってしまう。

「あ、ありがとうございます。そ、外で頑張っている分、家の中では気を抜いてしまいます……」

楓が言うと和樹は頷き一旦沈黙する。そして咳払いをしてから口を開いた。

「いや、そういう格好も……悪くないと思う」

意外な言葉に、楓は目を見開いた。

「え？　だって、和樹さん……ダメだって……」

「いや、俺の妻というイメージからは離れていると言っただけだ。普段の君を否定したつもりはない。……無駄に着飾らない君の普段の姿は……好感が持てる。いいと思うよ」

最後はやや声を落として彼は言う。

『好感が持てる』という言葉に楓の頬が熱くなった。

「あ、ありがとうございます……」

慌てて彼の視線から逃れるようにしゃもじを手にした。

どうしてか今日の彼は、いつもと違うような気がする。あくまでも契約の相手として接しているのは間違いないが、それ以外のなにかもあるような……。

楓自身の彼に対する心持ちが変わったからだろうか。

そんなことを考えながら、炊飯器の蓋《ふた》を開け、まずは自分の分のご飯をよそう。次に和樹の分のカレー皿を手に取って、問いかけた。

「和樹さんは、ご飯どのくらい食べますか？」

炊飯器には、楓によそった分の一・五倍ほどの白米が残っている。弟の透ならこのくらいは全部食べられそうだ。

「残り全部入れちゃっても大丈夫ですか？　カレーも全部かければちょうどいいくらいです」

和樹が炊飯器とカレー鍋に視線を送り、ためらいながら問いかける。

「……だが、俺が全部食べてもいいのか？」

「むしろありがたいです。ひとりで食べると、こういう料理は余っちゃって」

二日続けて食べるか、そういう気分でない時は冷凍している。

安心させるように楓が言うと、彼は納得して頷いた。

「じゃあ、頼む」

自分が作ったカレーを、和樹が食べてくれる。たったそれだけのことがなんだかとても嬉しかった。

張り切ってご飯をよそい、カレー鍋のお玉を持つ彼に渡す。——と、そこであることに気がついて、冷蔵庫から出した福神漬けの袋を彼に見せた。

「でも、福神漬けは半分半分でお願いしますね」

念のための確認だ。赤くて甘い福神漬けは楓の大好物。このために、カレーを作ったと言っても過言ではないのだ。カレーをたくさん食べてもらえるのは嬉しいけれど、福神漬けに関してはそうは思えなかった。

和樹が振り返った。

「いや、それはおかしいだろう。福神漬けは、カレーの量に比例して分けるべきだ」

思いがけない彼からの拒否の言葉に、楓は反論する。

「そ、それはダメです。私、福神漬けが大好きなんです。福神漬けがたくさんないとカレーを食べた気がしないくらいなんです」

自分にとっていかに福神漬けが大切かを主張する。

ところが彼の方も一歩も引かなかった。

「それは俺も同じだ。もちろん福神漬けに対する権利は平等だが、それはカレーの割合に合わせるというものだ。そもそもこれはケーキのお礼なんだろう？」

「そ、それとこれは別問題です……！　お礼はカレーで福神漬けは含まれません」

「いや、カレーと福神漬けはセットだろう」

そんなことを言い合ううちに、なんだか笑いが込み上げてきて、くすくす笑ってしまう。和樹の方も、同じように肩を揺らしている。

「優秀だと評判の君が、こんなことにこだわるとは思わなかったよ」

「和樹さんこそ……！」

笑いが止まらなかった。

普段は三葉商船の本社ビルのてっぺんにいる人が、真面目な顔をして福神漬けにこだわるのがおかしかった。

笑い続ける楓の頭に、彼の手がそっとのる。

「次からカレーを作る時は、福神漬けを山ほど買っておいてくれ」

そう言って柔らかく微笑んでから、カレー皿を手にキッチンを出ていった。

頭に感じた温もりと、『次から』という言葉に、楓の鼓動がとくとくとスピードを上げていく。自分でも知らなかった自分の中の熱い想いが、彼に向かって走りだすのを感じていた。

ダイニングテーブルにカレー皿を並べる和樹の背中を見つめながら、楓は昼間の亜美の言葉を思い出していた。

『恋に落ちる時は一瞬ですよ、楓さん』

＊　＊　＊

月曜日の午後、夏の日差しが照りつける都心の街を、和樹を乗せた黒い車が三葉商船本社ビルを目指して滑るように走っていた。車窓を流れる景色を和樹は眺めている。

「お疲れですか、副社長。お飲み物はいかがですか？」

隣に座る黒柳に声をかけられて、和樹は彼女に視線を移す。

「いや、大丈夫。ありがとう」

「そうですか……」

彼女は残念そうに言ってから、気を取り直したように車窓を指差した。

「副社長、あそこですよ。金曜日にお話ししていたレストラン」

「あれか、いい雰囲気だな」

知り合いがオーナーをやっているイタリアンレストランだ。

「ええ、内装も料理も評判がいいみたいです。雑誌にも取り上げられていましたから」

「なるほど、あのオーナーは自身がシェフだからな。料理が評判なのは頷ける」

「そうなんです。ですから今度こそ……」

『お疲れですか』と和樹を気遣うふりをしながら話し続ける黒柳を、助手席に座る一ノ瀬がバックミラー越しにチラリと見た。

「副社長はイタリアンはお好きです？」

「まぁ、普通だな」

「やっぱり和食が一番ですか？」

「うん。まぁ、そうかな」

気のない返事をしながら和樹は一ノ瀬に目配せをする。こういう時は、こうすれば彼が黒柳を止めてくれる。

でも一ノ瀬が口を開きかけた時。

「……金曜日の奥さまの手料理も、和食でした？」

黒柳の質問に、口を閉じる。この質問を遮っては不信感を抱かれると思ったようだ。

「久しぶりのお早い帰宅でリフレッシュできましたでしょうか？」

何気ない雑談をしていると見せかけて、探りを入れている。

どこか気を抜いて相手をしていた和樹は、瞬時に頭を切り替えた。

「ああ、久しぶりに妻と過ごせてゆっくりできたよ」

今自分が答えられる中で最善の言葉を口にすると、黒柳がにっこりと微笑んだ。

「そうですか。それはよかったです。奥さまって、会社では優秀で完璧なお人柄と評判ですものね。おうちでも副社長がリラックスできるよう、すべてのことを完璧に整えてくださるのでしょう」

またもや夫婦のプライベートを探るような質問に、和樹は即座に頷きかける。

『ああ、彼女は完璧だ』と答えようとして、口を閉じる。

金曜日の夜の楓の姿が頭に浮かんだ。

「副社長？」

黙り込んだ和樹に首を傾げる黒柳に向かって、楓のお団子頭を思い浮かべたまま口

「いや、家では妻もリラックスしてるよ。完全に気を抜いた姿は……会社での彼女とはまったく印象が違う。皆見たら驚くんじゃないかな」

自然と口元に笑みが浮ぶ。誰も知らない家での彼女を目にしたのは自分だけだという、正体不明の優越感を覚えていた。

「完璧に家のことをしてくれるわけではないが、私はそれを望んでいない。ただそういう妻と一緒に過ごすだけでリラックスできるんだ」

言いながら、和樹は、金曜日の夜なぜホテルへは行かずに自宅へ直帰することにしたのかという答えに辿り着いていた。

久しぶりに空いた自由な時間、ただ彼女の顔を見たいと思ったのだ。

そして思った通り、彼女と過ごしたひとときが和樹の一週間の疲れを癒《い》やしたのか、今週も和樹はスッキリとした気持ちで仕事に打ち込めている。

「そうなんですね。……意外です」

黒柳が面白くなさそうに答えた。

「ちなみに、ご夕食は奥さまの手料理だったんですか？　会社では有能な方だと評判ですから、料理もお上手なんでしょうね」

そう言って試すような目でこちらを見る。その言葉に、楓と一緒に食べたカレーが頭に浮かぶ。ゴロゴロ野菜と赤い福神漬けが美味しかった。

「カレーだったよ」

答えると、黒柳がマスカラをたっぷり塗ったまつ毛をパチパチとさせた。

「カレーですか……。それは……本場のスパイスを使った本格カレー？」

「いや。ごく普通の市販のルーだ。甘口だった」

なにも取り繕うことなくそのままを口にすると、バックミラー越しの一ノ瀬がわずかに微笑んだ。

「市販のルー……？」

解せないというように、黒柳が呟いた。

三葉和樹の妻が作る料理としては、やや庶民的すぎるということだろうか。

確かに和樹がパーティで知り合うご令嬢たちは、結婚が決まると料理教室に通うと聞いたことがある。だから黒柳にとって、市販のルーを使ったカレーライスというのは意外だったのだろう。でもそのカレーを自分が美味しく食べたことは確かなのだ。

イメージなどどうでもいいという気分になった。

「美味《うま》かったよ。だけど福神漬けの取り合いになった」

あの時を思い出し、和樹は言う。口元に笑みが浮かぶ。

「取り合い……ですか？」

黒柳が首を傾げる。

「ああ、ふたりとも福神漬けに目がなくてね。私の方がカレーを多く食べたんだが、彼女は、福神漬けについては半分半分にするべきだと言って譲らなかった。……だから言い合いになって」

事情を話しながら和樹はフッと笑みを漏らす。

福神漬けが好きなのは事実だが、本当ならあそこまでこだわる必要はない。でも、さも重要なことのように言う楓を見ていたら、少しからかいたくなったのである。

なぜか彼女と一緒にいると、自分の中の忘れていた感情を刺激される。彼女とのやり取り自体を楽しみたいと思うのだ。

結局福神漬けは、ふたりして笑いながらちょうど半分に分けた。

黒柳が白けたように「そうですか」と言って口を閉じ、一ノ瀬がくすりと笑みを漏らした。

すると今度は、運転手が口を開く。

「副社長、そういえばあの日のケーキはいかがでした？」

普段はあまり雑談に乗らない和樹が、今日は機嫌よく応じている様子につられたようだ。

「奥さまは、喜ばれましたか？」

あの日の帰り道、和樹は、妻への土産にするからケーキを買える店に寄ってほしいと運転手に頼んだのだ。彼は、それならばと本社近くにある有名な洋菓子店に寄ってくれた。

帰り道は同行していない黒柳が「ケーキ……？」と呟いた。

「帰り道にお寄りになられたようですね。有名洋菓子店エトワールに」

同じく同行はしていなかったが、運転手の日誌で和樹の立ち寄り先を把握している一ノ瀬が口を挟む。こっそり楓への土産を買っていたことを口にされて、和樹はいたずらがバレたような気分になった。やや気まずい思いで和樹は答える。

「ああ、喜んでいたよ。ありがとう」

「それはよかったです。あそこのケーキなら間違いないですからね」

ケーキなど普段は食べない和樹は、どこの店がいいかまったくわからなかった。だから運転手に店を選んでもらったのだ。

「こんなに美味しいケーキははじめて食べたとか言ってたな。カレーを食べた後に、どうして四つも食べられるのか、私にはさっぱりわからないが」

お腹いっぱいだと言いながら、幸せそうに食べていた楓を思い出して、和樹はくっくっと笑う。

黒柳が、驚いたように問いかける。

「四つもお買いになられたんですか？」

「ああ、妻の好みがよくわからなかったんだ。もちろんケーキを一緒に食べたのははじめてではないが、彼女はスイーツに目がなくてね。どのケーキも美味しそうに食べるから、迷ってしまって」

答えると、黒柳はこの話に一気に興味を失ったようだ。口を閉じて顔を背けるように窓の方を向いてしまった。

和樹も車窓に目を移した。

都会の街の上に広がる雲ひとつない青い空を見上げながら、和樹は自分がある結論に達しているのを感じていた。

夫婦というものについてだ。

彼女を自分の妻らしくなれるよう指導すると宣言しておきながら、本当のところ和樹には、どうすればいいかという具体的なビジョンを描けていたわけではない。実際、彼女のビジュアルに少し手を加えるくらいしかできていない。それは和樹自身が、どうすれば周りから本物の夫婦に見られるのかわからなかったからだ。

誰かを愛し愛される。

生涯を共にしたいと願う。

和樹にとっては、こんな話はフィクションの中だけの感情だったから。

――今だって、はっきりと理解しているわけではない。

だけどそれこそが夫婦というもので、見てくれなどはあまり重要ではないことは、今はっきりとわかった。

同じものを一緒に食べて、何気ない時間を共有し、くだらないことで笑い合う。

金曜日の夜に、楓と過ごしたあのような時間を積み重ねていくのが夫婦というものなのだ。

――でも彼女とは、本当の夫婦ではない。

互いに特別な感情は必要ないと確認し合った関係だ。そうならないことこそが重要だと、和樹は彼女に宣言した。

そのことに思いを馳《は》せて、和樹の胸に複雑な思いが広がっていく。ついさっきまで感じていた浮き立つような感情の居場所を、自分の中に見つけられないでいる。

本来なら、このような感情は消し去ってしまうのが正解だ。そうするしか道はない。

それはわかっているけれど……。

ヘッドレストに頭を預けてため息をつくと、前方に太陽の光を反射させる三葉商船本社ビルが見えてくる。あのビルの五階で、楓は今も仕事に打ち込んでいる。

そこへ向かって熱い想いがまっすぐに走りだすのを和樹は確かに感じている。まさか自分の中に存在するとは思わなかった、はじめての感情だ。

止めなくてはいけないと、もうひとりの自分が言う。なにより楓がそれを望んでいないのだ。和樹の想いは不要どころか迷惑でしかないだろう。

……それなのに。

それは途方もなく難しいことのように感じていた。

＊　＊　＊

日が暮れて真っ暗になった三葉家の庭。普段は整然と庭木が並んでいる庭に、ごうごうと強風が荒れ狂っている。楓はため息をついてブラインドを下げた。

夏の盛りを少し過ぎたこの日の夜、今年はじめて台風が都内を直撃した。三葉家の建物は普通の戸建住宅よりはるかに頑丈で、建物自体が揺れたりすることはない。それはわかっていても、不安な気持ちは収まらない。

時刻は午後十一時を過ぎている。予報では明日の朝までには暴風域を抜けるとあったから、明日は普段通り出勤できるだろう。だからもう寝た方がいいとわかっていても、とても眠れそうになかった。

温かい飲み物でも取ってこようと思い、楓は別棟を出る。

嵐の夜は、少し気温が低く、肌寒く感じられるくらいだった。

リビングはまだ電気がついていて、和樹がソファで本を読んでいた。相変わらず忙しくしている彼だが、あらかじめ台風が直撃することがわかっていた今夜は早めに帰宅した。

以前なら在宅時は、決まって書斎にこもっていたが、最近はリビングにいることも多かった。なにをするわけでもなく、本を読んだりテレビを見たりしている。都合がつけば楓の作る夕食を一緒に囲むこともあった。

楓の方も変化があった。

彼の姿を目にするとドキドキしてしまうのも相変わらず。だが以前のように気まずい思いはしなくなった。こうして家の中で彼の姿を目にすることを、自然に受け止められるようになっている。

キッチンへ向かう楓に気がつき和樹が顔を上げた。

「まだ起きてたのか」

「はい。お茶を飲もうと思って」

答えてキッチンで温かい茶を淹れる。それで用は済んだわけだが、すぐに別棟に戻る気にはなれなかった。

本棟は別棟よりも建物自体が大きいからか、風の音が少しましだ。和樹がいるということにもどこか安心感を覚えた。

なんとなく楓はリビングへ行き、彼が座っている大きなコーナーソファの反対側に腰を下ろす。温かいお茶を啜《すす》っていると和樹が首を傾げた。

「どうした？　眠れないのか？」

リビングの大きな窓に視線を送り、楓はため息をついた。

「風がうるさくて」

和樹が眉を寄せた。

「……顔色が悪いけど」

「ちょっと、風の音が苦手っていうか……。でも大丈夫です」

曖昧に答える。それで彼は納得しなかった。

「大丈夫って感じじゃないな」

「そんなことは……。本当に大丈夫です。このお茶を飲んだら戻ります」

和樹が持っていた本を置いた。

「楓?」

名を呼ばれて彼を見ると、彼は少し険しい表情になっていた。

最近では話をすることも多くなってきたとはいえ、本来であればあまり関わるべきではない相手に、余計な心配をかけていることは明白だ。無理にでも笑顔を作らなくては、と思いながら、楓が湯呑《ゆの》みを置いた時。

――バタンッ!

ひときわ強い風が吹いて、庭でなにかが倒れる音がする。

楓は「ひゃっ!」と声をあげて、両手で耳を塞いだ。

和樹が立ち上がり、楓の隣に腰を下ろし、震える肩を抱き寄せる。肩の温もりに少しだけ安堵《あんど》して楓は耳から手を離す。そして少し気まずい思いになって、自分のこの反応について説明をする。

「台風の風の音が怖いんです。トラウマっていうか……。うちの実家の裏、川になってるでしょう？　小学生の時、台風であの川が増水して、向こう岸の家が崩れ落ちて濁流にのまれるのを見ちゃったんです。そこの家の人は避難してたから、誰かが亡くなったってわけじゃないんですけど……。それ以来、台風がダメになっちゃって」

　あまり人に弱みを見せるのは好きではない。このことを誰かに言うのははじめてだった。

　和樹が「そう」と頷いた。そして少し考えてから「ちょっと待ってて」と言い残し、二階へ行く。しばらくして枕とタオルケットを手に戻ってきた。

「今夜はここで寝ろ。俺も寝室へ戻らずにそばにいる」

　その言葉に驚いて、楓は目を見開いた。

「え？　……でも……」

「君の身体の大きさなら、ソファでも特別寝にくいわけでもないだろう。ひとりで風の音に怯《おび》えながら別棟で寝るよりはいいはずだ」

　確かにこのソファは大きくて、楓が会社の寮で使っていたベッドよりも寝心地がいいくらいだ。でもだからといって彼の言葉に甘える気にはなれなかった。

　台風は毎年やってくる。今までだってこういう夜はあったけれど、ひとりで耐えてきた。今夜だってそうするべきなのだ。どんなに怖いことがあろうとも誰にも頼らず生きていくと決めているのだから。

「だ、大丈夫です……。自分の部屋で寝られます」

楓は首を横に振る。でも彼は納得しなかった。

「そんな風に青い顔をしている君を放っておくことはできないな。ソファが嫌なら……君のベッドで添い寝しようか？　それとも二階の俺のベッドがいい？」

眉を上げてからかうように言う。

その言葉に、楓は目を剥いた。

「そっ……!?　こ……！　こ……ここで寝ます」

おそらくは遠慮する楓を思っての冗談だろう。それはわかっていても、『ベッドで添い寝』という言葉に、顔が真っ赤になってしまう。

慌ててタオルケットを被り、ソファに横になった。背もたれの方を向き、彼に背を向ける。

和樹がくすりと笑って、自らも楓の隣に横になり、楓を守るように身を寄せる。

背中に感じる彼の体温に、楓の心臓はますますスピードを上げていく。

「電気は消さない方がよさそうだな」

すぐ近くから聞こえる彼の言葉に返事をすることもできなかった。

ベッドで添い寝は回避できたけれど、この状況もそれほど変わらないような……。

彼がそばにいるというドキドキに心臓が破裂してしまいそうだ。確かに不安はいくぶん和らいだが、とてもじゃないけれど眠れない。

楓がそう思った時。

突然、リビングの照明がフッと落ちる。

楓は「きゃっ！」と声をあげた。

風が相変わらずゴウゴウと音を立てて吹いている。

「停電か」

和樹が呟いた。

おそらくはどこかで電線に障害が起きたのだ。

一時的なものだろうと楓は自分に言い聞かせる。心を落ち着けようとするが、まったくうまくいかなかった。びゅーびゅーと鳴る風の音は明るい中でも嫌だけれど、暗闇の中だともっと怖かった。目を閉じて奥歯を噛みしめ、タオルケットを握りしめて、恐怖に耐える。

その楓を、温かな声が呼んだ。

「楓、大丈夫だ。大丈夫だから、こっちを向け」

驚いて目を開く。今まで聞いた彼からの言葉の中で一番優しく思えた。

恐る恐る振り向くと、被っていたタオルケットごとグイッと和樹に引き寄せられる。そのままギュッと抱きしめられた。

強くなった彼の香りと、頬に感じる温もりに頬がかぁっと熱くなる。なにが起こったのかすぐにはわからなかった。

ついさっきまでは暗闇が嫌だったはずなのに、今は暗くてよかったと思う。そうでないと、怖がらないよう気遣ってくれているだけの彼に、あらぬ反応をしてしまっているのがバレてしまう。

「君は……少し誰かに頼ることを覚えた方がいい」

楓の頭に大きな手をのせて和樹が言う。その言葉に驚いて、楓は思わず顔を上げた。暗くて彼の表情は、よくわからなかった。

「自立してひとり生きていく。その強さは君の魅力だが、完璧な人間などいない。時には誰かを頼ったっていいんだと知るべきだ」

唐突にも思えるその言葉に、楓は戸惑いを覚える。

確かにそういう生き方もあるだろう。でも楓はそうしないと決めて生きてきた。それは彼だって知っているはずなのに。

……それに、今の楓にはそんな相手はいない。

「でも……」

口を開きかける楓を和樹が遮った。

「今は、俺が君の夫だ。だから怖いなら、こうやって俺に頼ればいい」

そう言って彼は、楓の頭を自分の胸にギュッと抱く。楓は目を見開いて真っ暗な中で彼のTシャツを見つめた。

彼が今どんな表情なのか、顔を上げる勇気はなかった。

ただ、とくんとくんと鳴る胸の鼓動を聞いている。それが自分のものなのか、あるいは彼のものなのか、それすらもわからない。

ただ、いつかの日、自分が口にした疑問に答えが出たと感じていた。

どうして皆、結婚したがるんだろう?

誰かを愛し愛される。

生涯を共に生きたいと願う気持ちは、理屈ではない。強く心の奥底から湧き起こる、説明がつかないものなのだ。たとえそれが絶対に許されない相手でも、まったく関係がない。

……でも。

知りたくなかったと楓は思う。

彼に対するこの気持ちは、女性からの好意を忌《い》み嫌う彼にとって迷惑でしかないのだから。彼にとっては契約違反も同然だ。もし知られてしまったら、今のこの瞬間楓に親切にしたことも、彼は後悔するだろう。そしたらきっと……。

最悪の結末が頭をよぎり、Ｔシャツをキュッと握って、彼の胸に顔をうずめる。すべての不安から目を逸らす。

背中に感じる大きな手が、トントントンと優しくあやすように触れる。その感覚に楓の胸は締めつけられて、泣きだしそうになってしまう。自分を包む力強さもリズムを刻む温もりも、今だけのものなのだ。

決して手には入らない。

望んではいけない。

そう自分に言い聞かせて、楓はギュッと目を閉じた。

＊＊＊

すーすーと楓の呼吸が規則的になったのを感じて、和樹は息を吐いて彼女を抱いている腕を緩める。少し開いた唇と安心したような寝顔は、普段より少し幼く見えた。

暴風に怯えて不安がる姿がかわいそうで、思わず腕に抱いて慰めた。今までの自分なら考えられない行動だが、今はもう驚かない。

彼女に対する特別な感情は、歴然として自分の中に存在する。カレーを一緒に食べた日から今日までの二週間で、和樹はそれを思い知った。

この二週間は、なるべく早く帰宅するようにした。以前は在宅時、意識して書斎にこもっていたが、それもやめた。楓に対する自分の気持ちを確かめたいと思ったのだ。

一日の終わりに何気ない会話をして、時おり夕食を一緒に囲む。そういう時は、土産にケーキを買って帰った。今度は彼女のリクエストを聞いて。

『君と会社で話をした時、君に結婚を決断させるために、たくさんメリットを並べたが、本当のところ〝婚姻中はケーキを好きなだけ食べられるぞ〟と言えば一発だったんじゃないか？』

嬉しそうにケーキを食べる姿が可愛くて、思わず和樹がからかうと、彼女はくすくすと笑いだした。

『そうかもしれないですね』

もちろん彼女に、仮面夫婦の夫の帰宅を嫌がる素振りがあれば、やめようと思ってはいたが、幸いにしてそんな様子は見られなかった。福神漬けを取り合った時のようなたわいもないやり取りを、彼女も楽しんでいるように思えた。

そのことに想いを馳せながら、和樹は腕の中の楓をジッと見つめる。ベルベットのような眉と長いまつ毛、薄暗い中に浮かび上がる白い頬に触れたいという衝動と、甘やかな香りに捕らわれた心。

これが愛おしいということなのだ。そうはっきりと自覚した。

和樹をこんな気持ちにさせるのは、世界中でただひとり、彼女だけ。自分にとって唯一無二の存在だ。絶対に手放したくはない。

——どうすればいい？

窓の外、荒れ狂う風の音を聞きながら和樹は考えを巡らせる。

楓を欲しいというこの衝動を、どうやって昇華させればいいのだろう？

愛する人の幸せを願う。

それが真実の愛だとするならば、なにも言わずに身を引くべきなのだろうか。彼女はとうの昔に、ひとりで生きていくと決めている。

でもそうすれば、幸せそうに頬を緩ませてケーキを食べる彼女を、見ることはできなくなってしまう。誰もいないこの家に、ひとり帰る日々が待ち受けている。

胸がぎりぎりと締めつけられるように痛かった。

――そんな未来には、耐えられそうにない。

以前の自分にとってはあたりまえの世界に、怯えている自分がいる。

不安から逃れるように楓の額に口づけると、手放したくないという強烈な想いが和樹の頭を駆け巡った。

この結婚は、完全なる契約だ。そこに愛情は必要ない。

すなわちこの激情は、契約違反にほかならない。

三葉家の長男として、仕事では常に誠実を信条に数々の修羅場を乗り越えてきた。

それが会社と自己にとって有利になるからだ。

契約違反など言語道断、一度たりともしたことがない。だが今回だけはその信条を違《たが》えようと、和樹は決意する。

今はまだ、腕の中にある甘やかな存在。彼女を手放したら一生後悔することが、目に見えているからだ。

可能性はゼロではない。

楓の方もこの生活に馴染み、楽しんでいるように思う。

和樹が触れると真っ赤に染まる頬。恥ずかしそうに伏せるまつ毛。

その反応に望みをかけて。

——手に入れてみせる。

そう決意して、艶やかな黒い髪にキスをして和樹はゆっくりと目を閉じた。

＊　＊　＊

明るい光を感じて楓はゆっくりと目を開く。ぐっすり眠れた気がする。ひと晩中温かいなにかにくっついて、すごく気持ちよかったのだ。なんだか起きるのがもったいないような気もするけれど……。

そんなことを考えながらすぐ近くにある温もりに頬ずりをしていると、ぼんやりとしていた視界がはっきりとする。普段とは違う天井と、誰かのTシャツが目に飛び込んできて、ハッとする。

自分を包んでいた温もりが和樹だということに気がついて一気に目が覚めた。

彼の方は、まだ眠っている。

朝の光の中の完全に無防備な寝顔を見つめながら、楓はようやく昨日の夜のことを思い出した。

こんな体勢では絶対に寝られないと思っていたけれど、すべての不安から自分を包み込むような彼の温もりに、いつの間にか眠りに落ちていたようだ。

窓の外へ目をやると、昨夜の暴風雨が嘘のように晴れている。台風は無事に通過したのだろう。

とくとくとくと鼓動が鳴るのを聞きながら楓は彼の寝顔を見つめた。とにかく無防備なのが珍しい。なんだかずっと見ていたい気がするけれど、今日は平日だ。

何時だろうと思い楓は、そっと身体を起こす。するとその動きに気がついて和樹が目を開いた。

「ん……朝か」

ドキンとして楓はそのまま彼を見る。

その場で、うーんと身体を伸ばしてから和樹が楓に問いかけた。

「よく眠れた？」

「はい……」

「それはよかった」

頷いて彼も身体を起こし、顔色を確認するように楓を見る。

「……うん、大丈夫そうだな」

嵐はもう去ったのに、自分を見つめる彼の目が昨夜と変わらず優しげに思えて、楓は頬を染めてうつむいた。子供みたいに怖がって、くっついて一緒に寝たことが恥ずかしかった。

「昨夜はすみませんでした。ありがとうございました」

和樹がフッと笑い、楓の頭をポンポンとする。眩《まぶ》しそうに天井を見上げた。

「停電は直ったみたいだな。今は……五時半か、出勤までまだ時間がある。コーヒー淹れるよ」

そう言ってソファを下りてキッチンへ歩いていく。

楓はホッと息を吐いた。とにかく近すぎる距離から離れたことに安堵する。

それにしても。

ひと晩同じソファの上で寝たというのに、まったくなんでもないように振る舞う彼が驚きだ。きっと彼からしてみれば、このくらいなんてことのない出来事なのだろう。

キッチンでコーヒーマシーンのそばにいる和樹が、なにかに気がついたように振り返った。

「楓は、コーヒーはインスタント派だったな」

いつかの日の朝にそう言ったのを覚えていてくれたのだ。

楓はソファを下りてキッチンへ向かう。少し考えてから本当のことを口にする。

「インスタント派ってわけじゃないんです。本当は、マシーンの使い方がわからなかっただけで」

昨夜の彼の言葉を頭に浮かべていた。

『時には誰かを頼ったっていい』

もちろんそれを鵜呑《うの》みにして、なにもかもを頼るつもりはないけれど、このくらいはいいだろう。今までの自分なら考えられないことだけれど、自然とそういう気持ちになった。

楓の言葉に、和樹が意外だというような表情になった。

「使い方がわからなかった?」

「し、仕事ではしっかりしなきゃって気を張っている分、家では気が抜けてしまうっていうか……。わざわざ使い方を調べなくても、インスタントなら楽でいっかって、手を抜いてしまいます。節約生活が長いからこういう新しいものには縁がないし」

和樹が微笑んだ。

「なるほど。おいで、教えてあげるから」

楓がマシーンの前まで行くと、和樹が引き出しからポーションを取り出し、楽しげに説明をはじめる。

「とはいっても、教えるというほど、難しい操作でもない。ただポーションをセットしてカップを置き、ボタンを押すだけだ」

笑いを含んだ、からかうような言葉に、楓は頬を膨らませた。

「難しくなくても、はじめてなんだからわからなくてあたりまえです。だいたいこういうのって、ブシュー！っていきなり出てくるじゃないですか」

楓が言うと、彼はぷっと噴き出して、くっくっと笑いだす。

「ブシューっとね……！　大丈夫。ブシューとは出ないタイプだから」

「……本当ですか？」

「本当だって。ほらやってみて」

楓は彼からポーションを受け取った。

「それはここへセットして、カップはここ。やってごらん。怖くないから」

小さな子供を相手にしているみたいな和樹を睨みながら、楓は言う通りにする。

ドキドキしながら真ん中のボタンを押すと、ウイーンと音がしてカップの中にコーヒーが注ぎ込まれる。ほろ苦い、いい香りがキッチンいっぱいに広がった。

「わっ、できた！」

嬉しくて、楓は思わず声をあげる。和樹を見ると、彼はにっこりと笑っている。

楓は口を尖らせた。

「和樹さん……。馬鹿にしてますね？」

「してないよ」

和樹がははははと笑いだした。

「してるじゃないですか」

「してないって。ただ可愛いなと思っただけだ。本当に楓は会社と家とでは全然違うな。そのギャップはどれだけ見てても飽きないよ」

そう言って笑い続ける彼の言葉に、楓の胸は大きな音を立てはじめる。頬が熱くなってしまう。彼からしたら、挨拶より意味のない戯言に、これ以上ないくらいに反応してしまう自分が恥ずかしい。

「ほら、もう一度やってごらん」

火照る頬をごまかすこともできずに差し出されたポーションを受け取る。

もう一度ポーションをセットして、ボタンを押す。

カップに落ちるコーヒーを見つめながら、楓は自分自身の声を聞いていた。

……想うだけなら、契約違反とは言えないんじゃない？　想うだけで、彼に知られないようにすれば……。

だって、この気持ちはどうしても止められない。

抜群の見た目と、桁違いの実力と、社会的地位。なにもかもを手にしていて、女性からは引く手数多《あまた》という言葉では足りないくらいのくせに、本心では女性を信用していない、やっかいな人。楓のことは、女性とも思っていない。

……でも。

彼は、楓の生き方と考え方を、普段の姿を肯定してくれた。嵐の夜は眠るまでそばにいてくれる、優しい人……。

彼を愛してしまった自分にはそれしか道はないように思えた。

数カ月か数年か、いつまでかはわからないけれど、この気持ちを隠したまま、契約をまっとうするしかない。

マシーンが止まり、和樹がカップを手に取って楓に確認をする。

「楓は、ミルクを入れて甘くする？」

「いえ、せっかくだからそのままブラックで飲みたいです」

答えると、彼は頷いてふたつのカップを持ってキッチンを出ていく。

その背中を見つめながら、楓の心は震えていた。

彼と別れた後の未来が、怖くてたまらなくなったのだ。

寝ても覚めてもひとりきりで、目覚めのコーヒーもひとりで飲む。嵐の夜は、ひとりで布団を被るのだ。

以前ならあたりまえだったはずの未来に、自分は耐えられるだろうか。

そんなことを考えながら、楓はキッチンを出た。

とっぷりと日が暮れた東京湾に、ひときわ巨大な船が停泊している。世界屈指の大きさを誇るこの豪華客船は、三葉商船が社運を懸けて就航にこぎつけたクイーンクローバー号である。

もうまもなくしたら世界中から集まった招待客たちが乗船し、就航記念式典が開かれることになっている。楓はホストとしてゲストを迎えるためにひと足先に乗船し、六階にあるロイヤルスイートのリビングルームで身支度を整えている。以前ホテルで楓のヘアカットを担当した美容師に、この日のためにわざわざ来てもらったのだ。

普段はホテルで行われる結婚式のヘアメイクを担当するという彼女の腕前は一流だ。今日の式典に合わせて華やかにメイクを施して、髪を器用に結い上げた。

「できました、奥さま。本当にお美しいです」

美容師の言葉に、ドレスを身につけた鏡の中の自分を見つめて、楓は頬を染めた。

「ありがとうございます……」

「このドレスよくお似合いです。式典というと張り切って強いお色とデザインを選ばれる方も多いですが、なんというかこのドレスは……奥さまの清楚《せいそ》な雰囲気をそのまま引き立てるというか……。旦那さまが選ばれたのではないですか？」

美容師からの問いかけに楓は頷いた。

「はい……」

「やっぱり！　旦那さまは本当に奥さまの魅力をよくわかっておいでですよね」

髪を切った際に、ほとんど和樹がオーダーしたところを見ていた美容師がそんなことを言う。もちろんそれは勘違いで、ただ彼が有能なだけだ。楓の魅力が……などということはない。楓は曖昧に微笑んでやり過ごした。

とはいえ、和樹が用意してくれた若草色のイブニングドレスは、髪に飾られた生花と相まってみずみずしい印象で、楓もすごく気に入っている。出すぎないデザインだから、今夜のホストである三葉和樹の妻の装いとしてはまずまずと言えるだろう。

「それでは私はこれで」

そう言って部屋を出ていく彼女と入れ替わるようにして、別室で準備していた和樹が入ってくる。

「お疲れ」

その姿に、楓は息を呑んだ。

今夜の彼は、式典のホストらしく正装している。深い黒のタキシード、丁寧に撫でつけられた髪。完璧なのはいつものことだけれど、今日は巨大客船のオーナーとしての風格と気品を漂わせている。

思わず立ち上がる楓を見つめて、目を細めた。

「綺麗だ、楓」

その言葉に、楓は目を剥いた。

「か、和樹さん……！　ま、まだ誰もいませんよ」

彼が周囲の目を気にして夫婦のふりをしているのだろうと思ったのだ。

和樹がフッと笑った。

「誰かに聞かせるために言ったんじゃない。君に言ったんだ。よく似合うよ、そのドレス。オーナーの妻としては少し若々しすぎる印象かなと思ったが、君にはぴったりだ」

そう言って彼は楓のすぐそばまでやってくる。楓の頬に右手の甲でそっと触れる。

少し冷たく感じるのは、そこが火照っているからだ。

……いったい。

こんな自分の反応を、彼はどう思っているのだろう？

楓は今さら不安に思う。彼の言動にいちいちドギマギとする心臓と、連動するように熱くなる頬。思い返せば、あの買い物の日から、ずっとこの調子だ。うまくごまかせているとも思えないのに。

「……なんだか、誰にも見せたくない気分だな」

独り言のように、和樹が呟く。

「見てもらわなくちゃ、私たちが結婚した意味がありません」

答えると、和樹が肩をすくめた。

「まぁ、そうだけど」

「……和樹さん」

「ん？」

「今日の和樹さんのパートナー、私でよかったんでしょうか」

楓は彼に問いかける。今さらの質問だが、式典前に確認しておきたかったのだ。

もともとはクイーンクローバー号の式典までに、彼の妻として相応しくなれなければ、契約終了だという話だった。けれど蓋を開けてみれば彼が楓に指導したのは、髪型やメイク、服装に関してのみ。楓はそれ以外は普段通り生活している。

変わったことといえば、あの嵐の夜から朝のコーヒーを一緒に飲むようになったこと。帰宅することが多くなった彼と、何度か夕食を囲み何気ないやり取りをするようになったことだ。

「私、和樹さんの妻として失礼のないよう振る舞えるでしょうか。もちろん一生懸命やるつもりですけど」

契約だからやらなくてはならない、という気持ちはもはやない。ただこの人の力になりたい。足を引っ張りたくないと思う。

もちろんパーティに出席する顧客や関係者の情報については、事前に資料をもらって頭に叩き込んである。

でも実際のシミュレーションは、ほとんどできていない状態だ。

「今から思えば、マ、マナー講座にでも通えばよかったと思います。和樹さんに言われなくても……」

和樹が首を横に振った。

「いや、そこまでする必要はない。招待客の情報を覚えてもらうだけでも相当な労力だっただろうし。それに、講座なんて受けなくても君は食事の所作や振る舞いも綺麗だ。……君からすれば、こういう言い方は嫌かもしれないが、ご実家が厳しかったからだろう」

「和樹さん……」

そんな風に思われているとは意外だった。

「でもそれで、夫婦のように見えるでしょうか……？」

不安な気持ちで問いかける。

今のところ、仮面夫婦と噂されていたのは社内のみだが、このパーティでの振る舞いで、さらに外部からも不審な目で見られたらと思うと不安だった。

「大丈夫だ」

和樹が言い切る。そして、ふわりと楓を抱きしめた。

「俺の妻は、世界中でただひとり君だけだ」

唐突に強くなった彼の香りと、すぐ近くから聞こえる低い声音に、楓は目を見開いた。まるで本当の夫婦の間で交わされるかのような言葉に、背中が甘く痺《しび》れた。

顔を上げると、まっすぐな彼の視線が自分を捉えている。その中に、いつもとは違うなにかが浮かんでいるように思えて、楓は彼から目を逸らせなくなってしまう。

「楓……」

愛おしげにすら思えるほど、優しく名を呼ぶ彼の唇が、ゆっくりと下りてくる。楓はそれを、とくんとくんと高鳴る胸の鼓動を聞きながら瞬きもせずに見つめている。

互いの吐息を感じるくらいまで近付いた――その時。

「副社長?」

コンコンというノックの音と共にこちらに呼びかける女性の声がする。和樹がぴたりと動きを止める。

「そろそろよろしいでしょうか、ゲストの皆さまをお出迎えするお時間です」

少し高い声は秘書の黒柳だ。

今日の式典は、全社を挙げての一大イベントである。秘書課は総出で彼のサポートをすることになっている。

和樹が小さく息を吐いて、ゆっくりと離れた。振り返り、ドアに向かって答えた。

「ああ、今行く」

ドアが開き、黒柳が入ってくる。

普段は明るい色のスーツを着ている彼女だが、今夜は裏方らしく黒いスーツを身につけてはいる。それでも普段より気合いの入った髪とメイクが、相変わらず美しい。

その姿に、楓は心底落胆する。さっきの和樹の言葉の意味を、理解したからだ。

彼は黒柳がドアの外にいることを知っていたのだ。聞き耳を立てられていると予想して、仲のいい夫婦のふりをしたのだろう。自分を見つめる彼の視線が、いつもと違うと感じたのは、ただの思いすごしだった。

「さぁ、行こう。楓」

和樹が楓に向かって自分の腕を差し出した。

その腕を取り、楓は暗澹《あんたん》たる思いになる。

彼を好きだという気持ちが自分の視界を曇らせる。彼からしたらなんでもない行為に胸を高鳴らせてしまう。

想うだけなら契約違反にはならない。

そう思っていたけれど、それは想像以上につらいことなのかもしれない。

ズキズキと胸が痛むのを感じながら、ラグジュアリーな絨毯が敷き詰められた廊下を進んだ。


クイーンクローバー号には乗客が長旅を楽しめるよう、さまざまな施設が備わっている。レストランやBAR、カフェなどの飲食に関わるものだけでなく、スパ施設や、ショーが見られる大ホール、シアタールームに至るまで、まるで船上がひとつの街のようになっているのだ。

とりわけ五階のメインダイニングは、大規模なパーティにも対応し、八百人を収容することができる。そこで、クイーンクローバー号就航記念式典は華やかに執り行われている。

まずは、オーナーとして和樹が挨拶をした。

正式には社長は彼の父親だが、後継者指名を機に、徐々に権限を移行している。この日は和樹がホストを務めることで、正式な後継者は彼であることを世界中にアピールする狙いもあるという。世界中から集まったＶＩＰたちの注目を浴びても彼は一切動じることなく、堂々としていた。

その後、クイーンクローバー号の紹介があり、クローバー号が誇る料理がゲストに提供される。立食パーティである。

楓は彼と共に、各ゲストに挨拶をして回った。頭に叩き込んだゲストの情報と、学生時代の短期留学で培った英語力で、どうにかついていけているかどうか、というところだが、とにかく笑顔だけは忘れないようにした。

「疲れたか？　つらくなったら君はいつでも休憩に入っていいからな」

ゲストが途切れたほんの一瞬の隙に、彼は楓を気遣うような言葉をくれる。疲れは感じなかった。とにかくやり遂げたいという思いだ。

自分の印象は、彼の評判に直結する。もともと彼の評判はすこぶるいいのだから、とにかく自分のせいで彼に迷惑がかかるのは嫌だという一心だ。

——つらいのは、別の部分だった。

背中に回された大きな手と心配そうに自分を見つめる眼差しを、本当の愛情のように感じてしまうことだ。ただの夫婦のふりに胸を高鳴らせてしまう自分だ。

「大丈夫です」

にっこりと笑顔を作る。

彼は「だが、一旦は……」と言いかける。そこへ。

「和樹君、今日はお招きいただきありがとう」

和樹の父親くらいの年齢の男性から声がかかった。

「里村《さとむら》さん、こんばんは。こちらこそお越しくださいましてありがとうございます」

和樹が振り返り、にこやかに答えた。

「それにしても立派な船だね。今度妻を連れてきたいよ」

楓は頭の中で招待客のリストを巡る。確か彼は、国内最大の旅行サイトを運営する旅行会社のＣＥＯだ。

「ええ、ぜひ」

「それにしても立派になったなぁ、和樹くん。ついに結婚したと聞いて喜んでるんだよ」

「ありがとうございます。ご挨拶が遅れまして申し訳ございません」

「いやいや、忙しいだろうし、それは仕方がない」

和樹が楓に向かって、ふたりの関係について説明をする。

「里村さんは父の高校の同級生でね。昔から親しくしていただいてるんだ」

その言葉に、にっこりと微笑みながら頷くが、背中に緊張が走る。彼と家族ぐるみの付き合いだと聞いたからだ。そのような相手に、万が一にも不審を抱かれるわけにはいかない。

「楓と申します。よろしくお願いします」

里村が、楓を見て微笑んだ。

「それにしても可愛いお嬢さまだ。長い間、和樹くんのお相手は誰になるか、界隈《かいわい》では皆関心があった。私も心配していてね。よほど好みがうるさいのか、あるいは……と思っておったが、これほどの方を望んでおったのなら納得だ。長いことどんな縁談にも頷かんかった和樹君をどうやって陥落させたのか、ぜひ今度教えていただきたいものですな」

里村の大袈裟すぎるお世辞に、楓は頬を染めて答える。

「いえ、私はなにも……」

「あまりからかわないでください里村さん。彼女はこのような場に慣れていないんですから」

和樹が助け船を出した。

「なるほど、確か三葉商事の社員さんだったかな？」

里村が楓に笑いかける。そして和樹に向かって口を開いた。

「なら君から聞こう。彼女の好きなところは、どこだ？　ん？　経営者が社員に手を出すなど、あまり感心できることではないが、その君らしくない振る舞いをさせたのは、彼女のどんなところに惹かれたからなんだい？　一生独身でいいと言っていたのをくつがえした決め手はなんだ？」

矛先が和樹に向き、矢継ぎ早に質問が飛ぶ。彼は一旦口を閉じ瞬きをして楓を見る。

楓の胸がドキンとした。ありもしない楓の魅力と、ふたりの間の愛情を、聞かれている。

いったいどう答えるのだろう？

「そうですね……」

掠れた声で言いかけて、そのままゴホゴホと咳き込んだ。

里村がははと豪快に笑い、彼の背中をバシバシと叩いた。

「こんなお前ははじめてだ。真っ赤になっとるじゃないか！　本当に奥さんのことが好きなんだなぁ」

「おじさんが、いきなり変なこと聞くからですよ。こんなところで」

答える彼は、プライベートの呼び方になり、口調も砕けた。

「今日のところは許してやろう。そんなお前を見られただけで満足だ。馴れ初めは今度ゆっくり聞かせてもらうよ」

里村が楓に笑いかけた。

「はい、ぜひ」

楓が微笑んで答えると、彼は頷いて去っていった。

楓はホッと息を吐いた。ありもしない愛情を答えられなかった和樹を、里村がポジティブに解釈してくれたのは助かった。

「ごめん、本当に父親みたいな人なんだ。小さい頃はよく一緒にキャンプに連れていってくれたりした。だから遠慮がなくて……」

和樹が楓の耳に唇を寄せて囁いた。

「だ、大丈夫です……」

「それより、楓。本当に大丈夫か？」

楓の顔を覗《のぞ》き込んで和樹が言う。その彼の気遣いに傷ついてしまう自分が嫌だった。

仲のいい夫婦のふりは、契約の目的を達成するのに必要で、彼はなにも間違えてはいない。それなのに、勝手に傷ついている。彼を愛してしまったから、偽りの愛がつらいのだ。

「大丈夫です。でも……少しお手洗いに行ってきてもいいですか？」

楓は尋ねる。

逃げるつもりはないけれど、一旦気持ちを切り替える時間が欲しかった。

「ああ、もちろん。少し休憩をしておいで」

和樹が頷いたのを確認して、楓がそっと会場を出ると、黒柳がついてきた。

「奥さま、私がご案内いたします」

彼女の口から出た『奥さま』という冷たい響きに、楓は一瞬躊躇する。

できればひとりで行きたかった。気持ちを切り替えたいのに、彼女がいたらうまくいかないように思ったからだ。

でもすぐに考え直して諦める。彼女は仕事でここにいる。個人的な感情は抜きにするべきだ。

「じゃあお願いします」

楓は黒柳と共に廊下を歩きだした。

＊＊＊

パーティ会場から去っていく楓の背中を見送って、和樹は心底申し訳ない気持ちになる。きっと彼女はこのような華やかな場所は苦手だろう。そのうえ、重役まで務めさせてしまっている。

契約の目的を達成するためには仕方ない、これが彼女の役割だ、という思いはもはやない。ただ、自分のために彼女に負担をかけたくないという思いだけが和樹を支配している。

そもそもふたりが本当に愛情のみで結ばれた夫婦だったなら、和樹は彼女にこのような苦手なことを要求したりはしなかった。そばにいてくれるだけで十分なのだから。

とはいえ、今のふたりの関係性で『出席しなくていい』と言うのは、すなわち契約解除を表すことになる。連れてくるしかなかったのだ。

このパーティで、彼女は十分すぎるほど和樹の妻の役割を果たしてくれている。

パーティも終盤に差しかかった。あとは和樹ひとりでかまわないと、一ノ瀬から伝えさせようか、和樹がそう思った時。

「副社長」

声がかかり振り返る。取引先の河井《かわい》鉄鋼の社長だった。

河井鉄鋼は従業員数百人ほどの規模でそれほど大きくはない会社だが、世界でもここにしかない職人の技術があり、祖父の代から付き合いがある。和樹の父と同じ歳の社長とも和樹は親しく付き合っている。

「河井社長、お越しくださいましてありがとうございます。ご挨拶が遅くなり申し訳ありません」

「いやいや、気にしないでください。私などよりも挨拶するべき方はたくさんいらっしゃるだろう」

河井が柔和な笑みを浮かべた。

「それにしても盛大なパーティですな」

「クイーンクローバー号が無事就航にこぎつけたのも、社長はじめ御社の技術者の方々のおかげです」

心を込めて和樹は言う。

船の安全な航行は、数えきれない人々の汗と涙と努力の上に成り立っている。海運会社の役員としていつもそれを心に留めている。

河井が感慨深げに瞬きをした。

「クイーンクローバー号の就航は、私にとって娘を嫁に出すような心境です。見たい気持ちもありましたが……なにしろ私はただの町工場の親父ですから、本当は出席をためらっとったんですよ。だが、どうしても須之内さんの晴れ姿を見たくてこうして参りました」

楓の旧姓を口にした河井に、和樹は首を傾げた。

「河井社長は、妻をご存じなんですか?」

「ええ、仕事で関わりがあります」

「なるほど」

彼女が所属している経理課の方かと和樹は合点した。

河井が懐かしそうな表情になった。

「あれは確か二年前でしたかな。御社と我が社の間で経理上のトラブルが発生したのです。その時に御社の飯田課長と一緒に経緯の説明に来られたのが、奥さまでした」

こちらから出向いたということは、自社側に非があったということだろうか。

「奥さまは、トラブル発生の経緯をわかりやすく説明してくださった。そして迅速に対応し、解決に導いてくださった。しかも、こちらが恐縮するくらい丁寧に謝罪してくださって……。感服しましたよ。トラブルなんてない方がいいに決まっているのに、お会いできてよかったと思ったくらいですから」

そう言って河井はカラカラと笑った。

「以来、なにかと頼りにさせてもらっています。初対面の時からずっと変わらず、仕事は正確で速い、かつ対応も丁寧だ。さすが、三葉商船の経理課だといつも感心しています。御社に伺った際は必ず経理課に寄って、挨拶をさせてもらっています。副社長と結婚されたと聞いた時は驚きましたが、さすがは副社長だ、お目が高いと思いました」

楓に対する賞賛の言葉に、和樹は誇らしい気持ちになる。だが、最後の『お目が高い』の言葉にはなんと答えるべきかわからなかった。

河井が和樹に身を寄せて少し声を落とした。

「本当は、私の息子の妻になってくれないかと、思っていたくらいなんです。彼女は、人柄がいいだけでなくずば抜けて優秀ですから。将来の社長夫人になってもらえれば、我が社は安泰だと思っとったわけです。経理は会社の要、ですから」

河井から語られる意外な話に、和樹は目を開く。

「それは……」と言いかけると、彼はにっこりと笑った。

「もちろん、もう諦めましたがね。幸せにしてあげてください。そしてできれば須之内さんには経理課での仕事を続けていただきたい」

「……その予定です。我が社の経理課にとってもなくてはならない存在ですから」

思わず和樹は思ったままを答えてしまう。表向き彼女は和樹の妻なのだから、謙遜しなくてはならないのに。だが和樹と出会う前から彼女自身が積み上げてきた功績を、どんな言葉でも否定するようなことは言いたくなかった。

河井が「お」と声をあげた。

「これはこれは、お熱いですな。ははは、今日はこれをお伝えしたかったんです。いやいや、安心だ。それでは私はこれで」

そう言って、彼は去っていく。その背中を見つめながら、和樹はとてつもない罪悪感に襲われていた。

彼女を結婚相手に選んだのは、彼女を愛したからではない。互いに納得済みだったはずの事実が、重く心にのしかかる。和樹が楓を結婚相手に選んでいなければ、もしかしたら彼女には幸せな未来があったかもしれないのだ。

『鉄の女』『融通が利かない』

社内でどう言われていようとも、経理課での人望は絶大で、だからこそ課長の飯田も大切な取引先への謝罪に同行させたのだ。見る目のある人は彼女のいいところをきちんと見ていた。

和樹はため息ついて、会場の中央に飾られた大きな花を見つめた。

咲き誇る大輪の花。

だが、今夜の楓の足元にも及ばない。和樹にはそう思えた。

——今夜の楓は危険なくらい美しい。

和樹が選んだ若草色のイブニングドレスは清楚な彼女によく似合う。まるで彼女のためにデザインされたようなドレスだ。艶やかなその黒い髪に飾られた白い生花の髪飾りは、みずみずしい春の野原を思わせた。

船内のスイートルームではじめて彼女を目にした時は、このまま部屋に閉じ込めて誰にも見せたくないという思いに駆られたくらいだったのだ。しかし、彼女自身はその魅力にまったく気がついていない。そのアンバランスさが和樹の中の衝動を加速させた。いつもいつも和樹の判断力を鈍らせる、彼女の甘やかな香りに誘われるようにして、気がついたら腕の中に閉じ込めていた。

……しかもそのまま……。

もしあの時、黒柳が呼びに来なければどうなっていたか、自分でもわからないから恐ろしい。なんとか気持ちを切り替えてパーティに出席したはいいものの、彼女が会場中の男性ゲストの視線を集めているのが不快だった。

今夜、楓は和樹の隣にいる。

——だが将来はなにがあるかわからない。

胸の中の弱い自分が呟いた。

はからずも、今夜彼女はその魅力をいかんなく発揮して、世に知られることになった。この数時間の間に、彼女に対する賞賛の言葉をどれほど耳にしたかしれない。しかもそれらは、ホスト夫婦に対するお世辞などではない。

もし楓が和樹との契約を終了して独り身になったとしたら、あちこちから縁談が舞い込むだろう。いや、婚姻中であっても誘いをかけてくる者がいるかもしれない。海外からのゲストの中には、人生とはすなわち愛である、婚姻中とて自由恋愛だと公言している輩《やから》もいる。

——彼女が誰かのものになるなど、耐えられない。

また弱い自分が呟いた。

だが、和樹には彼女の恋愛を制限する権利はない。ふたりを繋《つな》ぐのは契約のみ。しかもどちらかがやめたいと言ったら、即座に終了できるものなのだ。

たとえば彼女に、愛する者ができたとして……。

「副社長？　お疲れでございますか？」

一ノ瀬に声をかけられて、和樹はハッとしてその考えにストップをかける。瞬時に頭を切り替えようと試みる。今はパーティに集中すべきだ。

「いや、大丈夫だ」

「そうですか。あと三十分で終了のお時間です」

「わかった」

「音楽が切り替わりましたら、あちらのドアの前でお見送りを……」

テキパキと説明する一ノ瀬の言葉を聞きながら、和樹は胸があやしく騒ぐのを感じていた。

今夜はオーナー夫妻として、クイーンクローバー号のロイヤルスイートルームに楓とふたりで泊まることになっている。だがさすがに同じ寝室を使うわけにはいかないからと、一ノ瀬に指示をして秘密裏に別に部屋をキープしてあった。他の秘書たちに見つからないよう深夜にこっそり移動して、自分はそこで過ごすつもりだった。

そのつもりだったのだが……。

……将来はなにがあるかわからない。

……彼女が誰かのものになるなど、耐えられない。

――だったら今のうちに、ものにしてしまえばいい。

弱気な自分の呟きに、凶暴な自分の言葉が重なるのを聞いて、和樹は目を閉じた。

＊　＊　＊

パーティを中座して手洗いを済ませた楓は、一旦控え室に戻る。パーティはもう終盤に差しかかっている。あとはゲストの見送りだけだから、三十分後に戻ってくれればいいと和樹から連絡が入ったからである。

控え室には先ほどの美容師がいて、楓のメイクと髪を整えてくれた。

「あなたはもういいわ、さがって」

黒柳の言葉に、美容師が部屋を出ていく。ドレッサーの前に座る楓に向かって、彼女は腕を組み尋ねる。

「なにか飲まれます？　奥さま」

楓などに丁寧に接するのは不本意だという気持ちを一ミリも隠そうとはしていない。本当は冷たい水が欲しかったが、楓は首を横に振った。

「大丈夫です」

「そうですか」

彼女はそう言って一旦沈黙する。休憩してこいと和樹は言ったが、この調子なら戻った方がよさそうだ。楓がそう思った時。

「珍しいだけよ」

黒柳が呟いた。

「え？」

「副社長に愛されているように感じるなら、それは珍しいと思われているからよ、って言ったの」

唐突に攻撃するような言葉を口にして、彼女は鏡越しに楓を睨んだ。

「パリで活躍するフランス人ジュエリーデザイナー、イタリア人モデル、外交官の娘、旧財閥のご令嬢」

突然、関係のない言葉を挙げはじめる彼女に、楓はわけがわからずに黙り込む。

黒柳がにっこりと笑った。

「皆、副社長の元カノよ」

その言葉に、楓は目を見開いて息を呑む。

『女性とは嫌というほど付き合った』

いつかの日に彼が口にした言葉が頭に浮かんだ。見た目だけでなく、高い経営能力と圧倒的なリーダーシップ、社会的地位を兼ね備えた、完璧ともいうべき彼なのだ。相手には苦労しなかっただろうとは思っていたが、それほどまでに華やかな相手ばかりだと思わなかった。

なにも言えない楓を黒柳が馬鹿にしたように見た。

「やっぱり、あなたなにも知らなかったのね。あたりまえか、知ってたら恐れ多くて結婚なんてできないものね。いくらあなたが身のほど知らずだとしても」

身のほど知らずという言葉が胸を刺した。彼を愛してしまった今の自分にはぴったりな言葉のように思えた。

「わかる？　和樹さんがたとえばあなたに優しくしてくれているとしたら、それはあなたが今まで付き合ったことがないくらい地味で、珍しいタイプだからなのよ。珍獣みたいなものね」

そう言って彼女は忌々《いまいま》しげに舌打ちをして呟いた。

「……本命は、私だったのに」

その言葉の意味がわからず楓が眉を寄せると、彼女は得意げに話しはじめた。

「知らなかったの？　私は森下《もりした》監査役の姪《めい》なの。和樹さんが帰国される時にね、おじさまから言われたのよ。彼もそろそろ身を固めるべきだ、私さえよければどうかって」

初耳だった。和樹からもそんな話は聞いていない。でもそもそも、本来ならば彼らは雲の上の人物なのだ。そんな人の縁談話など楓は知らなくて当然だ。

「和樹さんも完璧に見えて案外ストレスに弱かったってわけね。副社長就任の重圧に耐えられなくて、とち狂っているみたい。よりによって、あなたみたいな女を選ぶなんて……相当平常心を欠いているとしか思えない」

イライラとして黒柳が楓を睨んだ。

彼女の言葉が、鋭利な刃物のように楓の胸をぐさぐさと刺した。楓と和樹の結婚は、互いに愛情はないただの契約だ。だから、彼の過去は一切関係がない。

以前の楓なら、同じことを言われても傷つかなかっただろう。新たな事実はともかくとして、彼女の言ったことは真実なのだから。楓と和樹は本来ならまったく釣り合わない組み合わせだ。

相変わらずなにも答えない楓の様子に、少しはダメージを与えられたと感じたのか、黒柳が気を取り直したように口を開いた。

「許せないし、あり得ないけど……。でも和樹さんも馬鹿じゃないもの、そろそろ飽きはじめてるみたいよ？　あなた知ってる？　彼が毎月、妻と食事をするとか言って早く帰る日があること」

尋ねられてもどう返事をするのが正解かわからずに、答えることができなかった。

「たいてい彼は、後であなたと合流すると言ってホテルへ送ってもらうの。……でもその後あなたと合流したという事実は一度もない」

黒柳が得意そうに言い切った。自信満々ということは、すでに調べはついているのだろう。

「和樹さんが、ホテルでなにをしてたかあなた知ってる？」

黒柳が首を傾げて楓に向かって問いかける。そんなこと楓に知るよしもなかった。彼がそういう日を設けていると知ったのもつい最近のことなのに。

知らず知らずのうちに苦い表情になっていたようだ。黒柳は弾かれたように笑いだした。

「ふふふ、おかしい！　本当にあなたなにも知らないのね。きっと和樹さん、珍しいタイプの女にちょっとその気になって結婚したはいいけど、満足できていないんじゃない？　月に一度息抜きをしてたのよ。あれほどの女性たちと付き合ってきた方だもの、それくらいは仕方がないかしら？」

完全に、和樹がホテルで女性と会っていたと決めつけているような口ぶりだ。

楓の胸がズキンと痛んだ。

そんなはずはないと否定することなどできなかった。そもそも楓は彼のことをよく知らない。

知っているのは、福神漬けが好きなことと、甘い物は好きではないけれどケーキを楓のために買って帰ってくれること、船が大好きなことくらいだ。

仮に彼が女性と会っていたとしても、それを非難する権利は楓にはない。婚姻中の異性関係についてはなにも制限はないのだから。

女性を信用していないと、彼は言った。でもそれは結婚に関しては、という意味だ。嫌というほど付き合ったというならば、女性との付き合い自体が嫌なわけではないだろう。

業務の邪魔にならない程度の後腐れのない関係なら、むしろ……。

「それにしてもまだ結婚半年なのに。あなたよっぽど和樹さんを満足させられていないのね」

くすくす笑いながら、黒柳が言う。

その笑い声に、楓は自分の心が灰色に覆われていくのを感じていた。

彼が誰かと会っていたとして、自分はそれになにか言える立場にはない。それでも彼が女性と一緒にいるのだと考えるだけで、胸がズキズキと痛んだ。

本当はこんな風に傷つく権利すらないというのに……。

「でも大丈夫よ。うちの秘書室は優秀だもの。そのあたりのサポートも万全だわ」

得意げに黒柳が言う。まるで自分が和樹の相手をするとでも言わんばかりだった。

確かに彼女ならば、和樹を満足させられそうだ……。

と、そこまで考えて、楓はダメだと暴走する思考にストップをかける。今はそのようなことを考えている時ではない。パーティを成功させることを第一に考えなくては。

「まぁ、あなたはせいぜい……」

「会場に戻ります」

なおも言いかける黒柳の言葉を楓は少し大きな声で遮った。

女性として彼に望まれていないのは、百も承知だ。でも彼は、契約妻として楓を信用すると言ってくれたのだ。愛されることはなくとも、その信頼に応えたい。

「おっしゃりたいことはよくわかりました。ですが、仕事に関係のない話はやめてください」

強い口調でそう言うと、黒柳が不快な表情で口を閉じる。鏡越しにまっすぐに彼女を見つめたまま、楓は立ち上がった。

ロイヤルスイートルームの静かなリビングで楓は東京の夜景を眺めている。ひんやりとした窓ガラスに手をついてため息をついた。

パーティはつつがなく終了した。ゲストのうち半分ほどは下船し、遠方から招待した残りの半数は、クイーンクローバー号に宿泊する。すべてのゲストを見送って、楓と和樹がこの部屋へ戻ってこられたのは十一時を過ぎてからだった。先に楓がバスルームを使わせてもらい、今は和樹がシャワーを浴びている。

パジャマに着替えてひとりになり、ようやく今日一日張り詰めていた緊張が解けた。同時に、無理やり考えないようにしていた黒柳の話が、頭をぐるぐると回りはじめている。

和樹と楓は、夫婦としては釣り合わない。

彼が、女性と会っているかもしれない。

――だとしても自分に非難する権利はない。

だけど、傷つかないためにはどうすればいいんだろう？

さっきからそのことについて思いを巡らせている。

彼を好きだという気持ちは止められないというのに……。

「楓」

名を呼ばれて振り返ると和樹がバスルームから出てきていた。パジャマを身につけている楓とは違い、彼は部屋着姿だった。この後、船内に人が減ったのを見計らって別の部屋へ移動するという。

「疲れた？」

楓の隣に並び、彼は優しく問いかける。

「少し……。でも大丈夫です」

答えると、彼は安心したように頷いた。

「今日はよくやってくれた。想像以上だったよ。ありがとう」

まっすぐな視線と褒め言葉に、楓の胸は熱くなる。

やり遂げたのだ。彼の期待に応えることができた。それだけで十分だと一生懸命自分自身に言い聞かせた。

「よかったです。ホッとしました」

本心からそう言うと、彼の手がゆっくりと伸びてきてそっと楓の頬に触れた。

たった指先三本分。

でもその感覚に楓の胸は高鳴った。

煌びやかな東京の夜景を背にした彼の瞳が綺麗だった。頬に触れる温もりと、自分を見つめる彼の視線。まるで目の前のものを慈しむかのように……。

——違う！　これは、本当の愛情じゃない。

楓の中の冷静な部分が、高鳴る鼓動に警告をする。

このような彼の優しさはすべて契約のためのもの。彼が楓を愛することなど、絶対にあり得ないのだから。

「……どうしても契約を継続させたかったから、頑張っちゃいました。でもまずまずの出来だったならよかったです」

わざとなんでもないように言って頬の温もりから逃れるようにうつむくと、行き場を失った和樹の手が拳《こぶし》を作って離れていった。

「……とにかく今日はよく頑張ってくれた。お腹が空いてるだろう。パーティではほとんど食べられなかっただろうから。ミニバーの冷蔵庫に料理を用意してもらってある。ケーキも全種類キープしてあるからな。楓が好きなガトーショコラは……」

「結構です。お腹は空いていません」

強く彼の言葉を遮って、楓は首を横に振った。

「楓……？」

尋ねる彼から目を逸らす。そしてようやく楓は〝どうすれば傷つかずに済むか〟ということの答えに辿り着いていた。

また以前のふたりに戻ればいい。互いにいないものとして、関わらずにいれば傷つくこともないはずだ。

楓をからかうどこか無邪気な微笑みも、不器用な優しさも、青い海に夢を語る眼差しも、知らなかったことにして。

「契約を継続するためにしていることですから。こんな風に気を遣っていただく必要はありません。ケーキも、今後は不要です。食べたければ自分で買いますから」

事務的に言って顔を上げると、彼は困惑したように眉を寄せている。せっかく優しくしてやったのにと不快に思ったのかもしれない。

だけど、自分の心を守るためには仕方がないことなのだ。楓はそう自分に言い聞かせた。

「もう寝ますね。……おやすみなさい」

早口で言って、くるりと彼に背中を向ける。寝室へ向かって歩きだそうとした楓の腕を和樹が掴み引き寄せた。

「つっ……！」

そのまま強く抱きしめられる。

「か、和樹さ……」

「……嫌だ……」

聞き違いかと楓は思う。わけがわからずに顔を上げると、彼は傷ついたように楓を見つめている。その視線に、楓はさらに困惑する。

どうして彼はそんな目で、自分を見るのだろう？　まるで楓が離れることを、嫌がっているかのように。

わからない。わからないけれど……。

「楓……」

彼の声音が少し震える。

「和樹さ……」

言いかける唇は……。

「ん……」

そのまま熱く塞がれる。

はじめての感覚に無意識に開きかけた唇に、和樹がすかさず侵入する。

「んんっ……!」

その衝撃に耐えられず、背中はしなり膝が折れる。けれど楓を包む和樹の両腕はびくともしなかった。力強く楓を抱いたまま、彼は楓の中で暴れ回る。

いったいなにが起きたのか、よくわからないままに身体が反応しはじめる。

知らなかった。

愛する人との触れ合いが、こんなにも甘美なものだなんて。

痺れるような感覚がまともな思考を奪いさり、ただ彼に触れていたいという想いに支配される。もっと長く、もっと深いところまで来てほしい。

楓の中の知らなかった感情が目を覚まし主張しはじめる。彼のTシャツを握りしめて、次第に与えられる感覚に無我夢中になっていく。

「楓……」

自分の名を呼ばれて目を開くと、大きなソファに寝かされていた。

「……楓」

切なげに自分を呼ぶ、彼の視線が下りてくる。

楓は再び目を閉じる。

「ん……」

熱い吐息が楓の首筋にキスを落とし、大きな手が欲しがるように楓の身体をパジャマの上から辿る。その感覚に楓の身体は、燃え上がる。

「和樹さ……っっ……」

こらえきれずに漏れる吐息が、信じられないほど艶めいて、楓の耳を真っ赤に染め上げていく。そこへも彼はキスを落とす。

「んっん………」

その感覚に楓が夢中になるうちに、いつの間にか外された胸元のボタン。

次はその中に和樹の唇が侵入する。

「つっ……。んっ……！」

漏れ出る声を、抑えることができなかった。このまま、彼に身を任せたい。

すべてを彼に捧《ささ》げたい……！

——ああ、でも！

『和樹さんが、ホテルでなにをしてたかあなた知ってる？』

突如として黒柳の言葉が頭に浮かび、楓はハッとして目を開く。彼の唇と手によって熱くなる身体とは対照的に、心だけが急速に冷えていく。

熱い彼の唇と、切なげに自分を呼ぶ声音。

——でもこれは本当の愛ではない。

それでもいい？と、楓は自分に問いかける。

愛されていなくても、身体だけが繋がって。ひとときだけ夢を見たのだと、綺麗な思い出にできるだろうか。

決して、愛されてはいないのに……。

決して、愛してはいけないのに……！

「楓……」

彼の唇が、もう一度楓の唇に近付いて……あと少しのところで動きが止まる。

「楓……？　大丈夫か？」

温かい手に頬の涙を拭われて、楓は自分が泣いていたことに気がついた。

「嫌だったか？　……ごめん！」

こんなに慌てている彼ははじめてだ。なにか言わなくてはと思うのに、漏れるのは嗚咽《おえつ》だけだった。

和樹が身を起こして、声を絞り出す。

「ごめん……」

そして乱れた楓の胸元を優しい手つきで戻していく。

楓は両手で顔を覆い、声を殺して泣き続けた。

「本当に、ごめん。君に妻の役割を要求しないという約束だったのに……」

そう言って彼は楓から手を離して立ち上がり、頭をぐしゃぐしゃとした。

「もう絶対に君には触れないと誓う。今夜は、この部屋には戻ってこないから。安心して眠ってくれ。……おやすみ」

そう言って彼は、部屋を出ていった。

胸が切り裂かれるように痛かった。自分の中に、彼への愛の居場所をどこにも見つけられないのがつらかった。好きになってはいけないなら、優しくしないでほしかったとすら思う。

『これくらい大人の嗜《たしな》みだと割り切ることもできないのか』

そう言って嘲笑《あざわら》われた方がマシだった。

ひどい言葉で傷つけられて、……いっそのこと彼を嫌いになってしまいたい。

あの熱いキスを知って、それでも愛してはいけないなんて、なんて残酷な契約なんだろう。

煌びやかな東京の夜景に背を向けて、楓は静かに泣き続けた。

夕暮れの街を、手を繋ぎ幸せそうな恋人たちが歩いていく。通りに面したオープンカフェのテラス席で、楓はそれをぼんやりと眺めている。意味もなくアイスコーヒーをかき混ぜると、カランカランと氷が音を立てた。

「さて、契約も七カ月が過ぎたわけですが、最近はなにが不都合はありますか？」

向かいに座る一ノ瀬が、楓に向かって問いかけた。月に一度、彼とはこうして社外で秘密裏に面談をしている。たいていは、三葉家から近いこのカフェだった。

なにか不都合があれば、すぐに伝えるように言われている。もちろん楓は彼の連絡先を知っていて、わざわざ会わなくてもなにかあればいつでも言える環境にはある。だが顔を見て声や表情を確認したいからと、彼は必ずこうやって会いに来る。

「特に問題ありません」

いつもの通りに、楓は答える。

楓の服装が変わったことへの噂話は収まった。式典での黒柳からの攻撃的な言動については、話していいのか判断がつかなかった。

「問題ないという感じではありませんね」

一ノ瀬が呟いた。

「なにかあるなら早めに対処させていただく方がこちらとしてもいいのですが」

確かに彼が言う通り、問題ないわけではない。いや、むしろその逆で、問題だらけだ。でもそれは、一ノ瀬に言うべきことではない。

「私の調査では、社内でのあなたの評判はここのところいいようです。服装が変わっただけでなく、どことなく柔らかい雰囲気になったと好評です。敵意を向けられていることはなさそうですが……」

「それは……はい」

「それでもあなたがその表情だということは……原因は家の中にあるということでしょうか」

ドンピシャリの一ノ瀬の言葉に、楓はドキリとしてうつむいた。今彼が言った通り楓の問題は、家の中、すなわち和樹自身にある。

「それは……」と呟き口を閉じると、彼はくすりと笑みを漏らした。

「つまり、ここのところ副社長がまた深夜帰宅を繰り返すようになったことと、やや精彩を欠く仕事ぶりの原因も、家の中にあるということですね」

仕事については不明だが、彼の帰宅が遅くなったのは、間違いなくあの夜の出来事が原因だろう。答えられずに黙り込む。

「ならば、私がお手伝いできることは少なそうですね。ですが、たとえば副社長からのセクハラ行為に悩んでいるということであれば、お力になりますが……」

「そ、そんなことはありません……！　だ、大丈夫です」

慌てて楓は彼の言葉を遮った。

彼はまた笑みを浮かべ、「そうですか」と言ってアイスコーヒーを飲んだ。

その彼を見つめながら、楓は口を開いた。

「あの、ひとつお伺いしてもよろしいでしょうか」

一ノ瀬がストローから口を離して頷いた。

「副社長が就任されてから半年以上経ちますが、その……評判というか、周りからの反応はどうなんですか？」

後継ぎとして周囲に認められ、三葉商船の代替わりをスムーズに成功せる。そして、会社をさらに飛躍させる。彼はそのために楓と結婚した。社員たちは、和樹のリーダーシップに魅了され、もはや次期社長は彼以外考えられないという雰囲気だが、社外的なことは楓にはわからない。

「非常に順調な滑り出しです」

一ノ瀬が言い切った。

「帰国されてからの副社長は、精力的に人と会い、業務に取り組まれました。それが実を結んだ形でしょう。先日のパーティの各メディアの取り上げ方を見てもわかる通り、世界中に三葉商船の次期社長がやり手で会社の未来が明るいことを、十分にアピールできたと思います」

「そうですか」

改めて彼のすごさを耳にして、楓がため息をつくと、一ノ瀬がにっこりと微笑んだ。

「楓さんのおかげでしょう」

「え？　そ、そんなことは……！」

「いえ、そういう一面は、確実にあります。副社長への縁談がしょっちゅう持ち込まれていたことはご存じですね？　実はこれは大変な障害になっていました。どんな敏腕社長でも娘、あるいは自分の紹介した縁談が断られるといい気はしませんから」

そう言って一ノ瀬はため息をついた。

「しばしばビジネス上のトラブルに発展することもありました。あらかじめ、年頃のお嬢さまがいらっしゃる相手とは会わないようにしていた時期もあったくらいなのです」

「そうなんですね……」

「そのあたりを考えないで、副社長が自由に動けたというだけでもありがたいことでした。秘書としてもお礼を申し上げます」

本当に彼は、見せかけの配偶者を必要としていたというわけだ。

「ですから、なにかあれば遠慮なくおっしゃってくださいね。こちらとしても善処いたします。では私はそろそろこれで。楓さんは……」

アイスコーヒーを飲み終えて一ノ瀬が立ち上がる。

「もう少ししてから出ます」

答えると、彼は頷いて店を出ていった。

楓はため息をついて、少しずつ暗くなり灯《あか》りがつきはじめた街を眺める。

頭に浮かぶのは、和樹のことばかりだった。

クイーンクローバー号就航記念式典から二週間、彼とは顔を合わせていない。彼がほとんど家に帰ってこなくなったからだ。おそらくあの夜に楓が泣いてしまったことを気遣っているのだろう。

あの日の彼の行動は、契約からは外れている。でももし相手が楓でなかったらば、こんなことにはならなかった。

会社の未来を左右する一大イベントが成功を収めたその夜に、少し高揚した気分のまま一夜限り大人の関係を持つ。このくらい、彼の世界ではなんでもないことなのだ。

……こんなところも、彼と自分は違いすぎる。

楓は暗澹たる思いでアイスコーヒーをかき混ぜた。

＊＊＊

夕暮れの街を、和樹を乗せた黒い車が抜けていく。和樹は憂鬱な思いで流れる景色を見つめている。

まだ日が落ちてもいないのに自宅に帰らなくてはならない。それが申し訳なくてたまらなかった。言うまでもなく、楓と顔を合わせてしまうからだ。

あの夜から二週間。彼女の負担にならぬよう、絶対に顔を合わせないよう生活していた。彼女の留守か寝ているであろう時間帯に最低限の荷物を取りに帰るようにして。

だけど今夜は帰宅する必要があり、自宅へ向かっている。明日からの香港《ホンコン》出張に備えてパッキングをしなければならないからである。

もし彼女が定時退社なら、もう自宅にいるかもしれない。パッキングを済ませたら、空港近くのホテルへ移動しようか……などと和樹が考えていると、車が信号待ちで停車する。通りの向こうカフェのテラス席に目を留めて和樹は眉を寄せた。

楓が男と一緒にいたからだ。

息を呑み、和樹は首を伸ばして目を凝らす。ここからは楓の顔ははっきり見えるが、相手の男は植栽に邪魔をされてよくわからなかった。そのうちに、車が発進してまったく見えなくなってしまう。

車窓を睨み、楓に親しくしている男などいないはずだと頭の中で繰り返す。とはいえ、本当のところ和樹は、楓のことをほとんど知らない。

知っているのは、ケーキが大好きなことと、家にいる時はお団子頭だということ、それからコーヒーマシーンではじめてコーヒーを淹れられた時の無邪気な笑顔と……。

胸がギリギリと痛んだ。

結婚はしないと決めていても、恋愛をしないという意味ではない。髪型と服装をほんの少し変えただけで、見違えるほど美しくなった彼女なら、さまざまな誘いがあって当然だ。

まさか、あのパーティで……？

一瞬和樹は運転手に言って車を引き返させようかと思う。とにかく相手が誰なのか確認したい。でも、考え直して口を閉じた。彼女が男と会っていたとして、自分には相手が誰かを詮索する資格も、それについて意見をする権利もない。

和樹は目を閉じて、自分の中の暴れだす感情と戦った。

誰かを愛するという想いは、こんなにも人を狂わせるものなのだ。それを今痛感している。

かつて付き合ってきた恋人たちの中には、和樹の愛を疑って誰彼かまわず嫉妬する者がいた。そのたびに和樹は、どうして他人にそこまで執着できるのかと理解に苦しみ、別れを選んだ。が、今は彼女たちの気持ちがよくわかる。

——あの夜もそうだった。

パーティの夜、他人行儀に『契約』という言葉を口にした楓に和樹は胸が張り裂けそうになり、我慢できずに無理やり自分の腕の中に閉じ込めた。彼女が言うことは正論だとわかっていても、どうしても離したくなかったのだ。

——結果、彼女を傷つけた。

卑怯で汚らわしい、最低なやり方で。

ズキズキする胸の痛みは自業自得だ。自分のしたことを考えれば、こんなものは償いにもならない。

しばらくすると車がゆっくりと停車する。自宅のエントランスに着いたのだ。

「副社長、到着いたしました」

運転手の言葉に、目を開き奥歯を噛みしめて考えた。

あのカフェから自宅までは歩ける距離だ。この後楓が帰ってきたら、パッキングの途中に顔を合わせてしまうだろう。

今のこの気持ちを抱えたまま、彼女と顔を合わせるのが怖かった。自分がなにをするかわからないからだ。

自分には彼女に対するなんの権利もないといくら言い聞かせても、彼女を欲しいという気持ちの暴走を止めることができない。

こんな感情のまま、あの甘やかな香りを感じてしまったら……。

「悪い、急用ができた。申し訳ないが、空港近くのセントラルホテルまで送ってほしい」

和樹は運転手にそう告げる。

運転手はさほど驚いた様子もなく「かしこまりました」と頷いて、再び車を発進させる。帰国してから動き回っていた和樹にとって、急な予定変更はさほど珍しいことでもない。

次に和樹は一ノ瀬の携帯を鳴らす。しかし彼は出なかった。仕方なく今度は秘書室をコールした。電話口に出たのは黒柳だった。

《一ノ瀬さんなら、もう少ししたら戻られるはずです。代わりに私が伺いますが》

少し考えてから、和樹は彼女に伝言を託すことにした。

「急用ができて今夜自宅に帰れなくなった。私は今から空港近くのセントラルホテルに移動して、明日はそのまま香港へ出発したい。今からメールでパッキングに必要な物のリストを送るから、それを自宅へ取りに行ってホテルまで届けてほしい」

海外出張に慣れている和樹にとって、本当に必要なものはさほど多くはない。必要最低限の物があれば、あとは現地調達でかまわない。

秘書室には自宅の鍵を預けてある。それこそ海外にいた頃、自宅へ帰ることができないくらい忙しい時期はこういうことはよくあった。楓と結婚してからは一度も許可していなかったが。

《わかりました。ですが、それなら私が自宅へ取りに伺います。香港へは私が同行しますから。私もこの後セントラルホテルに前泊する予定ですし》

黒柳の言う通り、香港へは彼女が同行することになっている。ならばその方が効率的なのは確かだが、自宅へ来られるのは都合が悪い。

和樹は考えながら口を開く。

「いや……君が届けてくれるのは助かるが、自宅へは一ノ瀬に行かせてくれ。……彼は私物の場所を知っているから、彼の方がいい」

適当な理由をつけて指示すると、彼女は素直に答えた。

《わかりました。それでは後ほど》

通話を切って、和樹は舌打ちをする。こうするより仕方がなかったのは確かだが、失敗した気分になる。自宅が空港から遠い黒柳が、セントラルホテルに前泊予定なのを忘れていた。

ただ荷物を届けてもらうだけとはいえ、夜にホテルで会うというシチュエーションが煩わしかった。

……とはいえ、今さらホテルを変えるのは不自然だ。

和樹はため息をついて、ホテルの予約を取るために携帯をタップした。

＊　＊　＊

カフェから帰宅した楓は、鞄を自室へ持っていくことも着替えることもできずに、そのままリビングのソファへ座りぼんやりと庭を眺める。

あの夜の出来事と、彼と交わした契約、それからさっきの一ノ瀬の話が頭の中をぐるぐると回り続けている。なんだか、なにもする気になれなかった。

ガチャリと玄関のドアが開く音がして、ドキリとして顔を上げる。窓の外を見ると、とっぷりと日が暮れていた。少し考えていただけのつもりだったが、いつの間にかずいぶんと時間が経っていたようだ。

玄関からの物音に、楓の背中に緊張が走る。この時間に和樹が帰ってくるのは久しぶりだ。息を殺して彼を待つ。

……けれど、現れたのは予想外の人物だった。

楓は驚いて眉を寄せた。

「あら、こんばんは」

黒柳が、にっこりとした。

「どうして……勝手に……？」

あまりにも意外な展開に掠れた声で尋ねると、彼女は手の中の鍵を楓に見えるようヒラヒラとさせた。

「和樹さんからの指示よ。明日からの香港出張で必要な彼の荷物を取りに来たの。私たち今夜は空港内のホテルに泊まります。帰国は明々後日《しあさって》だからよろしくね」

得意そうに、歌うように彼女は言う。

『和樹さんからの指示』という言葉に、楓は目を見開いた。

「あら、奥さま。すごく驚いてるみたいだけど、彼が秘書に鍵を預けているの聞いていなかったの？　ふふふ、ずいぶん秘密主義の夫婦なのね」

そう言って彼女は、馬鹿にしたように楓を見た。

「とにかく失礼するわね？　和樹さんの部屋は……」

「二階です」

慌てて楓は答える。家の中をあちこち歩き回られたら、具合が悪いからだ。楓が別棟で生活していることがバレてしまう。

黒柳が「そ」と言って階段を上がっていった。

自室へ戻るわけにもいかず楓はそのままリビングで彼女が下りてくるのを待つ。胸に不安な思いが広がった。楓が別棟で生活していることがバレなくても彼の寝室へ行けば、家庭内別居は一目瞭然だ。

確かに三葉商船ほどの会社の取締役なら自宅に秘書を入れることもあるだろう。今までそれがなかったのは、おそらく和樹が避けていたからだ。楓と仮面夫婦であることを知られないように。でもこのタイミングで黒柳に自宅へ来るよう指示をしたということは、もう彼女にふたりの関係を知られてもかまわないということだろうか？

結婚を決めた時も、仮面夫婦だと疑われていると言った時も、あんなに彼女に知られることを警戒していたというのに……。

いったいなぜ？　彼女と和樹の関係が、以前とは変わったということだろうか？　だとしたら、なにがきっかけで？

たくさんの疑問が渦巻く中で頭に浮かぶのは、ついさっき聞いたばかりの一ノ瀬の話だった。

和樹は、三葉商船の後継者として、世間から認められつつある。つまり彼は当初の目的を達成したというわけだ。であるならば、女性との付き合いを再開してもかまわない状況になったということだろうか。

あの夜、楓が泣いて彼との関係を拒否したから、大人の付き合いができる黒柳を選んだ……？

しばらくすると、黒柳が小ぶりのスーツケースを手に下りてくる。今の楓の予想を裏付けるように、勝ち誇ったような表情だった。すぐには玄関へ向かわずに立ち止まり、楓を見て口を開いた。

「思ったよりも早く終わりが来たみたいね。もう家庭内別居状態だなんて。それともやっぱりはじめからなにもはじまっていなかったのかしら？」

挑発するような言葉に、当然楓は答えられない。彼が楓との関係を終わらせようとしているのか、それさえもわからない。

「あのパーティの夜も、あなたたち別々に過ごしたんだもの。……ね？」

その言葉に、楓の胸はズキンと痛む。

なぜそれを彼女が知っているのだろう。まさかあの夜、すでに彼女と……？

意味深に笑う黒柳を見つめて、楓は彼女の言葉の裏を読み取ろうとするけれど、なにもわからずただ不安が増すばかりだった。

そんな楓を嘲笑うように、首を傾げて黒柳が言い放った。

「香港の夜も楽しみだわ」

そしてくるりと方向転換をして、玄関の方へ去っていった。

ドアが閉まると同時に、楓はソファに倒れ込む。

……もうなにも考えたくなかった。

人を愛するということは、こんなにもつらく苦しいものなのだ。そんなことも知らないで、結婚しないなどと生意気なことを言っていた、過去の自分が恥ずかしい。結婚どころか、恋愛すら楓には無理そうだ。

こんなにも苦しいなら、あのBARでの出会いすら恨みたくなるくらいだった。

ひとりでも大丈夫だった、あの頃の自分に戻りたい。

「くっ……！　つっ……」

嵐の夜に、彼に抱かれて眠ったソファで、楓はひとり泣き続けた。


和樹が香港へ出発して二日目の朝、楓は三葉家のキッチンでコーヒーマシーンに背を向けてインスタントコーヒーを淹れている。

昨日は会社を休んでしまった。黒柳が帰った後、リビングで泣き疲れて寝てしまい、熱が出たからだ。

別棟で一日中寝て過ごし、楓は和樹との契約を終わらせようと決意した。どのみち彼から終わりを告げられるのもそう遠くはなさそうだ。パーティの成功によって、彼の目的は達成できたのだから。

ダイニングテーブルに座り、砂糖と牛乳をたっぷり入れたコーヒーをひと口飲む。

「インスタントでも美味しいもん」

呟いて大きな窓の向こうの朝の庭を見ると、じわりと景色が滲む。慌てて楓は「もう泣くな」と自分自身に言い聞かせた。

散々泣いて答えは出た。これ以上考えることも泣くこともしない。もう迷わない。

けれどどうしても彼に会って自分の口で終わらせることは、できそうになかった。

だから明日彼が香港から帰ってくる前に家を出ようと思う。

もともと楓の持ち物は少ない。服や靴、鞄などすべての物を合わせても大きめのスーツケースに収まるくらいなのだから。

ゆっくりとコーヒーを飲み切って、ふーっと長く息を吐いてから、楓はテーブルの上に置いたままになっている携帯を手に取った。

もう一度、はじめから

ホテルの高層階の一室で、午後の日差しに照らされた香港の摩天楼を背に、和樹はイギリス人記者から英語でのインタビューを受けている。

『世襲という習慣が会社を衰退へと追いやるのを我々は何度も目にしてきました。三葉商船がそうならない、という自信はありますか？』

『確かに私には生まれという部分に大きなアドバンテージがあります。三葉家に生まれていなければ、今この場所にいなかったかもしれない。だが、三葉商船という巨大な船の船長となるべく血の滲むような努力し続けてきたと自信を持って言い切れます。それからこれからも常にそうある覚悟がある。社員たちとは……』

今、三葉商船ではクイーンクローバー号の就航を機に、物流だけでなく旅客業への進出を大々的にアピールするため、メディアへの露出を積極的に進めている。

この香港出張でも、初日に商談を二件成功させた後、その夜に一件、今日は朝から三件もの取材を受けた。

目の前のインタビュアーが尋ねた。

『ミスターカズキ、以前あなたは本当は船員になりたかったと話していましたね。同じ海運会社にいるとはいえ、今のあなたはずいぶん違う分野にいる。そのギャップにフラストレーションを感じたりはしませんか？』

和樹は笑みを浮かべて口を開いた。

『私は、三葉商船という巨大な船の船乗りです。いずれは船長になる。船が安全に素晴らしい航海を続けられるよう導いていくつもりです。フラストレーションどころか、非常に胸を高鳴らせているところです。もちろん海は気まぐれですから、荒れることもあるでしょう。ですがこの先なにがあろうとも、私は決して船を降りないと胸に誓っているのです』

そう締めくくると、インタビュアーがにっこり笑って立ち上がる。そして、和樹に向かって右手を差し出した。

『これからの三葉商船の展開を楽しみにしています。今日はありがとうございました』

『こちらこそ』

がっちりと握手を交わしてインタビューが終了する。と同時にインタビュアーが、砕けた口調で口を開いた。

『カズキ、もうすっかり三葉商船の顔だ』

彼は和樹がイギリス留学時代の友人でもあるのだ。

『いや、まだまだこれからだよ。オリバー』

『それにしても、先日のパーティに出席できなかったのは残念だ。クイーンクローバー号の評判はあっちこっちから聞くよ』

彼はパーティへ出席する予定だったのだが、家族の都合で急遽《きゅうきょ》欠席になったのだ。

『モテるくせに絶対に結婚はしない鉄壁の男と言われた君をついに陥落させた奥さまに会いたかったんだが』

オリバーが残念そうにする。その向こうで、和樹に付き添う形で部屋の中にいた黒柳がかすかに笑みを浮かべた。馬鹿にしたようにも思えるその仕草を、和樹は見逃さなかった。

『だが、今日はそのあたりをじっくりと聞かせてもらうつもりだからな』

オリバーがニッと笑う。今夜彼と夕食を共にして、明日帰国の途につくことになっている。

その彼に向かって、和樹は申し訳ない思いで口を開いた。

『オリバー、申し訳ないんだが食事はまたの機会にしたい。今朝緊急の要件ができて、急遽帰国しなくてはならないんだ』

視界の端で、黒柳が眉を寄せた。

『そうか……本社でトラブル発生か？』

『いやそうではなくて……。プライベートのトラブルだ。その……つまり、妻の関係で……』

言葉を濁しながら言う。今日の夕食の相手が彼でよかったと心から思う。さすがにビジネスのみの相手ではキャンセルできないからだ。

一方でドタキャンされた立場にいるはずのオリバーは、和樹の言葉に笑顔になった。

『おおっ！　カズキ！　お前がパーティで新妻にデレデレだったという話は本当だったんだな！　いや〜こんなお前を見られる日がくるとは。いいよいいよ、妻になにかある時は、なにをおいても駆けつける。これが夫の使命だからな』

そう言ってバシバシと和樹の肩を叩く。

『すまない。……ありがとう』

和樹はやや気恥ずかしい思いで礼を言った。

和樹と違って、どちらかというと恋愛にのめり込むタイプのオリバーは、今は超がつくほどの愛妻家だ。この手の話はよく聞いていたが、まさか自分がそうなるとは思わなかった。

『いいか？　どんなトラブルかは知らないが、とにかく妻には絶対服従。彼女たちは女王さまだと心得よ。これが夫婦円満の秘訣《ひけつ》だからな。ほら、早く行け』

さも重大なことのようにそう言って、オリバーは和樹の背中を押す。そんな彼に苦笑してもう一度礼を言ってから和樹は部屋を出た。

「どういうことですか⁉　帰国を早めたなんて話、私は聞いていません」

オリバーと別れて、階下の自分の部屋へ戻るなり黒柳が声をあげた。

「急用ができたんだ。フライトの手配は自分でした。申し訳ないがひとり分しか取れなかったから、君は予定通り宿泊して明日のフライトで帰国してくれないか」

和樹は、荷物をまとめながら答えた。

「でも、オリバー氏はこれからの我が社のイメージ戦略に欠かせない方です」

「彼は私の古くからの友人だ。こういうことには理解がある。だからまったく問題はない。もちろん、きちんと埋め合わせはしておくよ」

「ですが……！」

「それに、グローバル基準では経営者であっても家庭が第一なのは好印象だ。経営者としてはイメージダウンにはならない」

和樹はそう言い切るが、黒柳はなおも食い下がった。

「ですが、だからといって嘘をつくのは、あまり得策ではないと思います！」

その言葉に、スーツケースにネクタイを詰め込んでいた手を止めて、和樹は彼女を振り返った。

「嘘？」

黒柳がハッとしたように口を閉じる。

和樹がオリバーに『妻の関係で』と口にしたことを言っているのだろう。

和樹は目を細めて彼女を睨んだ。

「嘘ではない。急遽、妻のもとへ戻る必要ができたんだ。プライベートなことだから自分で手配した。……君はどうしてそんなことを言うんだ？」

黒柳が「それは……」と言ってうつむいた。答えられるはずがないのだろう。そのまま沈黙する。

和樹はため息をついた。

「……いずれにせよ、君にはスケジュールの変更を伝えるつもりはなかった。君は今日付けで、私の秘書から外れてもらう。秘書室からも異動だ」

和樹は冷たく言い渡す。本当は帰国後に伝えるつもりだったが、仕方がない。

黒柳が弾かれたように顔を上げた。

「そんな……！　どうしてですか？」

「重大な指示違反があったからだ。一昨日、私は自宅へは一ノ瀬が行くようにと指示をした。君はそれに背いて勝手に自宅へ行ったな。しかも一ノ瀬に、嘘の報告をして」

正確には、当初彼女は報告自体しなかったようだ。だが、社用車の動きを確認した一ノ瀬にメールで問いただされて、自分が行ったことを認めたという。その際、自分が行くように指示を受けたと説明したものだから、不審に思った一ノ瀬から和樹に報告があったというわけだ。和樹が自宅へ一ノ瀬以外の者を向かわせるはずがない。

「た、確かに私がご自宅へお伺いしました。でも、い、一ノ瀬さんはなかなか帰ってこなかったし……その方が効率的だと思ったのです。あ、悪意はありませんでした……」

「だが、ことは自宅への訪問だ。他の指示とはわけが違う。君の訪問を私が明確に拒否している状況で勝手に入ったとしたら、不法侵入だと言われてもおかしくはない」

冷たく言い切ると、黒柳は真っ青になって今にも泣きだしそうである。だが、同情する気持ちは微塵も起きなかった。

今朝の一ノ瀬の報告のすぐ後に、楓から来たメッセージを思い出す。

【大切なお仕事中にすみません。副社長との例の契約を終了させたいです。タイミングと発表は、副社長にお任せします。急なお願いで申し訳ありませんが、よろしくお願いします】

爆発しそうな怒りが、腹の底から湧いてくるのをなんとか抑えて、低い声で問いただす。

「君は自宅で妻に会ったな？　……彼女になにを言った？」

和樹と楓の関係があまりよくなかったのは確かだが、このタイミングで楓が契約終了を言い出したことと、小細工までして自宅へ行った黒柳が、無関係だとは思えなかった。

普段はうるさく感じてはいても、極力紳士的に接していた。が、それも今はできなかった。楓を傷つける者は誰であっても許さない。

和樹の怒りを目のあたりにして黒柳は口もきけないようだ。震える唇を開きかける。

「わ、私……」

「いや、いい。君の言葉を信用することはできない。妻から直接聞くことにするよ。出ていってくれ」

冷たく言い放つ。が、彼女は出ていかずしばらく沈黙したのち、不満そうに呟いた。

「……なによ、家庭内別居状態のくせに」

再び手を止めて、彼女を見る。やはり彼女はそれを確かめたくて自宅へ入ったのだ。荷造りをしながら、和樹のプライベートエリアに楓の物が一切ないことを確認したのだろう。

「副社長、あの女で満足できていないんでしょう？　式典の夜も別の部屋へ移動されましたよね？　私、見たんだから。自宅の寝室も別だなんて夫婦とは言えないわ。だいたい……」

「だが、俺は楓を愛してる」

和樹は黒柳の言葉を遮った。

彼女が口を閉じて眉を寄せた。

「夫婦とは言えない……か。自宅を見たのなら君がそう考えても無理はない。だが、俺が彼女を愛していることには変わりない。一般的な形とは言えなくても、彼女にそばにいてほしい、そう願って口説き落としたんだ」

強い口調で言い切ると、黒柳が不快そうに顔を歪めた。和樹の様子から、今の言葉がごまかしでないと感じたのだろう。苛立ったように吐き捨てた。

「なによ！　おじさまの話と全然違うじゃない」

「おじさま？　……森下監査役が、なにか？」

尋ねると、彼女は不服そうに和樹を睨んだ。

「おじさまは、副社長の結婚相手に私はどうかって言っていました。私だってそのつもりだったのに……。それなのに、副社長は就任から一カ月で一般社員と結婚されて……こんなに馬鹿にした話、あります？」

彼女が森下監査役の姪だというのは知っていたが、そういう思惑があるとは知らなかった。でも、これで彼女が異常に和樹に執着していたわけがわかった。彼女にとってなによりも大切なプライドを傷つけられたことに怒っていたのだ。

「そのような話は、私は聞いていない。聞いていたら、君が秘書になることには反対した」

「で、でも私はそう聞いていたんです。それなのに、少しミスしたからといって、秘書室からも外すだなんて納得できません。こんなの、おじさまが許すはずがないわ」

秘書ではなくなったからか、はたまた和樹の妻の座に収まる計画が完全にダメになり、猫を被る必要がなくなったからか、黒柳が強く反論する。

和樹は彼女を睨んだ。

「なるほど、この場で君が森下監査役の名前を出すということは、森下監査役も君のしたことの連帯責任を負うということだな？」

暗に、伯父にも迷惑がかかるぞと脅しかけると、彼女は再び真っ青になり口を閉じる。そして今度こそ部屋を出ていった。

ため息をついて、和樹は再び荷造りに取りかかる。黒柳への怒りが半分やつあたりみたいなものだということはわかっている。

楓が契約終了を言い出したのは、黒柳の訪問がきっかけにはなったかもしれないが、一番の原因は和樹にある。

この契約はどちらかがやめたいと言った時に終了する約束だ。ならば予定を早めて今から帰ることにはなんの意味もない。

——それでも。

楓にそばにいてほしいという想いを抑えることができなかった。

——愛している。

この想いを、どうしても伝えたい。

和樹にとって生まれてはじめての感情を、どうしても聞いてほしかった。

全身全霊を捧げて愛を乞う。

そうせずにはいられない強い衝動に突き動かされていた。

窓の外の青い空に視線を送り、楓の綺麗な瞳を思い浮かべて、和樹はスーツケースをパタンと閉じた。

＊　＊　＊

「終わったぁ〜！」

午後九時半を回った三葉商船本社ビルの経理課に、男性社員の声が響く。周りにいる他の社員もホッと息を吐いた。

楓も肩の力を抜いて、隣の亜美と顔を見合わせて笑った。

今日は月末。経理課にとっては一カ月で一番忙しい日である。社員のワークライフバランスが徹底されている三葉商船では、普段はこの時間までの残業はあまりない。が、月末は別である。どんなに抜かりなく準備してもこのくらいの時間まではかかってしまう。

とはいえ、今月もトラブルなく終えられたと、楓は小さな充実感を覚える。それが今は特別大切なものに思えた。

和樹への愛を失った自分に残されたのは、仕事だけだからだ。

——大丈夫、仕事があれば生きていける。

胸の中にぽっかりと空いた空虚な部分から目を背けて、楓は自分に言い聞かせる。

そうでないとすぐにでも、そこからガラガラとなにかが崩れてしまいそうだった。

「三葉くん、病み上がりなのに初っ端からの残業で申し訳ない」

課長の飯田から声がかかる。

楓は首を横に振った。

「いえ、私の方こそ忙しい時期にお休みをいただいてしまいまして、すみませんでした」

隣で亜美が口を開いた。

「それは仕方がないですよ。てか、楓さんは皆より休みが少ないんですから、もう少し休むべきです」

その時、メンバーのひとりが誰ともなく声をかける。

「打ち上げ、いつもの居酒屋でいいっすよね？」

月末を乗り越えた後、都合がつく者で遅くまでやっている居酒屋へ繰り出すのが恒例なのだ。

「楓さん、今日はどうします？」

亜美に尋ねられて、楓はうーんと考えた。

和樹に契約終了を願いでるメッセージを送ったのが今朝のこと。楓はそのまますべての荷物が入ったスーツケースを持って家を出た。

彼の帰国は明日という話だが、万が一にでも鉢合わせしたくなかった。顔を見たら泣いてしまいそうだったからだ。スーツケースは駅前のコインロッカーに置いてあるが、今夜寝る場所を確保しなくてはならない。

「今日はやめておこうかな」

そう言うと亜美はすぐに納得する。

「病み上がりですもんね。私もやめておこうかな。明日、久しぶりに彼と出かけるんです」

そしてふたりが立ち上がった時。

「楓‼」

フロアに、楓を呼ぶ声が響き渡る。総務課がある辺り、照明が落ちた通路の方からカツカツと靴音を響かせて足早にやってくる人物がいる。

和樹だ。

「楓！」

普段会社にいる時とは違い、髪は乱れ、ジャケットも着ていないしネクタイもしていない。いつもの完璧なスタイルとはほど遠い彼の姿に、楓は目を剥いた。他の社員たちも突然現れた彼に唖然としている。

彼は一目散に楓目指してやってくる。そして固まる楓をいきなり抱きしめた。

「ああ、ここにいたのか！　よかった……！」

「か、かず……ふ、副社長⁉」

おそらく走ってきたのだろう、シャツの下の身体が熱い。まったく人目を気にする様子もない彼に、楓は目を白黒させた。

「な、ど、で、どうして……？」

「どうしてって、君が家にいないからだ！　あんなメールをよこしておいて、家にいなかったから心配するだろう！　携帯を鳴らしても出ないし」

余裕なく彼は言う。

頭がパニックになりながらも楓は答えた。

「心配って……ただ仕事をしてただけです」

「仕事？　それにしてもこんな時間まで……」

と言いかけて、彼は周囲を見回し、楓以外にも社員がいることに今さら気がついて、そっと身体を離す。どこか気が抜けたように呟いた。

「……今日は月末か」

経理課が月末は忙しくしていると思いあたったのだろう。

一方で見守っていたメンバーは微妙な空気だった。皆、不自然なくらい無表情だ。

和樹が気を取り直したように、息を整えてから彼らに向かって口を開いた。

「遅くまで、お疲れさま。今月もありがとう」

副社長の顔に戻りそう言う彼に、皆「お疲れさまです」と答えているが、やっぱり不自然なくらい無表情だ。なにかをこらえているようにも見える。

飯田が、緩む口元をごまかすようにごほんごほんと咳払いをした。

「ありがとうございます、副社長。今月も滞りなく月末を迎えられました。病み上がりの三葉さんに残業させてしまったのは申し訳なかったですが……」

するとその言葉に和樹が反応する。

「病み上がり⁉」

そしてぐるりと楓を振り返り、険しい表情で肩を掴んだ。

「体調が悪いのか？」

「き、昨日は熱があったのでお休みさせていただきました」

予想外の剣幕に、慌てて楓はそのままを口にする。

それに和樹がまた声をあげる。

「熱⁉　病院は？　どうして出勤してるんだ！」

「す、すぐに下がりましたから……！　もうまったく問題ありません」

そう言うと、和樹は楓の額に手をあてる。楓の言うことが本当か確認しているのだろう。熱はなさそうだと思ったのか、ホッと息を吐いて手を離した。

「いいなぁ……楓さん。優しい旦那さまで」

亜美がうっとりとして呟いた。

他のメンバーももはや無表情を続けられなくなっている。口を押さえてぷるぷるしている者、後ろを向いて肩を震わせている者、両手で顔全体を覆っている者もいる。

そこで和樹が自分の振る舞いが皆に衝撃を与えていると気がついたようだ。

「問題ないならいいんだが」と取り繕うように呟いた。

亜美がにっこりと、楓に笑いかけた。

「楓さんが体調を崩されるなんて、滅多にないから私心配だったんです。でも旦那さまがお迎えに来てくださったなら安心、安心」

和樹が気まずそうに瞬きをして、楓に向かって口を開いた。

「とにかく……帰ろうか」


楓と和樹は、彼の運転する車で三葉家に帰ってきた。リビングのセンターテーブルに車の鍵を置く和樹の背中を、楓は複雑な思いで見つめている。

さっきの会社での彼の振る舞いは、いったいなんだったのだろう？　仮面夫婦ではないと社内に念押しするための演技だろうか？

だとしたら、ちょっと大袈裟にも思えるが効果的だった。フロアには、経理課だけでなく他の課の社員の姿もあったから、噂はあっという間に広まるだろう。

でも、もう契約はもう終了なのに……。

あたりまえのように、この家へ来てしまったことも複雑だった。今朝、家を出た時はもう二度と来ないと思っていたというのに。

リビングの入口で立ち尽くす楓を和樹が振り返る。

「とりあえず、座って」

言われた通り楓が座ると、彼はコーナーソファの反対側に腰を下ろした。

「メッセージ見たよ」

静かに言う彼に、楓はホッと息を吐いた。今までの彼の行動で、もしかしたらうまく伝わっていなかったのかもしれないと思っていたのだ。

「そうですか……」

「それは一昨日の夜、黒柳がここへ来たことと関係あるのか？」

思いがけない直球の質問に、楓は言葉に詰まった。関係がないとは言えないが、答えると自分の彼への気持ちがバレてしまいそうで怖かった。

答えない楓に、和樹が鎮痛な表情になった。

「勝手なことをさせて申し訳なかった。本当は黒柳ではなく一ノ瀬が行くようにと指示をしたんだが。……ごめん。今日付けで彼女は秘書室から外した」

その言葉に楓は驚いて目を見開く。では、あの時の黒柳の言葉は嘘だったというわけだ。

「嫌な思いをしたんじゃないか？」

心配そうに言う彼に、楓の胸はギュッとなる。契約は終了したのだからもう楓の気持ちなど関係はないはずなのに、こうやって気遣ってくれる、彼の優しさがつらかった。別れがなおさらつらくなってしまう。

一方で、黒柳が勝手に家に来たのだという事実にも衝撃を受けていた。

「だ、大丈夫です。でもそれなら……どうしよう。黒柳さんに、私たちが別々に生活しているのがバレてしまいました」

まさか彼女がそこまでするとは思わなかった。知っていたら、なんとしても寝室への侵入は阻止したのに。

「私、その場にいたのに止められなくて……。ごめんなさい」

和樹が首を横に振った。

「いや、それはもういいんだ。彼女にバレても問題はない。どのみちこの契約は終了だ」

きっぱりと彼は言う。その言葉に、楓はひどく落胆した。

『契約は終了』

自分から言い出したことなのに、彼の口から改めて聞くと胸に突き刺さるようだった。唇を噛み、胸の痛みと溢《あふ》れそうになる涙をこらえる。

楓の申し出を彼が了承した。今この瞬間に、ふたりを繋ぐものは本当になにもなくなった。おそらくはこれから先、顔を合わせることも口をきくこともなくなるのだ。

「楓」

名を呼ばれて顔を上げると、和樹が立ち上がり、楓の正面にやってくる。

「契約は終了だ、楓」

楓を見つめて宣言をした。

楓は膝の上に置いた震える両手を握りしめた。

頷いて立ち上がり、早くこの家を去らなくてはと思うのに、どうしてもそれができなかった。すべてが終わったのだという空虚な思いに支配されて、未来が真っ黒に塗り潰されたように感じている。

——もうこのまま消えてしまいたい。

楓がそう思った時。

突然、和樹が床に膝をつき楓の前に跪《ひざまず》く。少し意外な彼の行動に驚き、瞬きを繰り返す楓を和樹が見上げた。

「契約は終了して、もう一度はじめからやり直したい」

「……はじめから……？」

「そうだ」

頷いて、彼は楓の手を取り、楓をまっすぐに見つめて口を開いた。

「楓、俺の妻になってくれ。結婚してほしい」

楓には、彼がなにを言っているのか、すぐには理解できなかった。

「……もう一度、契約をやり直すってことですか？」

首を傾げて少し間の抜けた質問をしてしまう。契約を終了してまた契約をし直すなんて、まったく意味がないことを彼が望むわけがない。

和樹が首を横に振った。

「そうじゃない。契約ではなく本当の妻になってほしいんだ。俺は君を愛してる。ずっとそばにいてほしい」

息が止まりそうな心地がした。

信じられない、聞き間違いだと思うけれど、目の前の彼の瞳には紛れもなく真実の色が浮かんでいる。

和樹が端正な顔を切なげに歪め、重ねた手に力を込めた。

「俺は君に一般的な妻の役割は求めない。君が望むことはすべて叶《かな》える。ただここにいてくれるだけでいいから、俺に君を愛させてほしい。俺には君が必要だ」

彼が紡ぐありったけの愛の言葉に、楓の胸は痛いくらいに高鳴った。両手に感じる力強い温もりに、これが現実なのだとじわりじわりと実感する。

今の今まで手放さなくてはならないと諦めていた胸の中の彼への愛に、命が吹き込まれていく。目の前の未来が彩られるような心地がした。

『ただここにいてくれるだけでいい』

楓だって同じだった。

彼のそばにいられるなら、他にはなにも望まない。

「楓、出ていかないでくれ。俺は君と共に未来を歩みたい」

いつも自信に満ち溢れて、何事にも動じない完璧な彼が、今はなりふりかまわず、楓に愛を求めている。

その彼に応えなくてはと思うのに、うまく言葉が出てこなかった。熱い雫《しずく》が頬を伝う。

「楓……？」

その雫がぽたりと彼の手に落ちた時、楓は声を絞り出す。

「わ、私も……」

その言葉に、和樹が目を見開いた。

「私も……。和樹さんを、あ、愛してる。愛してしまったの……」

「楓……‼」

和樹が立ち上がり楓を抱きしめた。

彼の胸に顔をうずめて、楓は止まらない涙と言葉を吐き出していく。

「こ、怖かった。好きになっちゃいけないのに、こんなこと迷惑でしかないのに、どうしても止められなくて……！　だから一緒にいるのが、つ、つらくなってしまったの……！　そばにいて夫婦みたいなふりをしても、絶対に愛されることはないんだって思ったら……いずれは、ひとりになってしまうって考えたら、怖くて……だから……！」

「不安にさせて悪かった。俺も同じだ。君に負担をかけると思ったら、言えなかった。でももう大丈夫だ。君はひとりにはならない。一生俺のそばにいて、俺に愛されるんだから」

熱い言葉と自分を抱く強い力に、楓はしがみついて泣き続けた。

この瞬間に、ひとりで生きていくと決めていた過去の自分は消えてしまった。もう彼なしには生きられない。

「楓」

名前を呼ばれて顔を上げると、そこにあるのは綺麗な彼の瞳。大好きなこの瞳が、今は自分だけを映しているということに楓の胸は幸せな想いでいっぱいになっていく。

「あの夜のやり直しをさせてくれ」

その彼の言葉の意味をよく理解できないままに熱く唇が奪われた。

心が通じたはじめてのキスは少ししょっぱい涙の味。でも熱い想いを混ぜ合ううちにすぐに甘くなってゆく。

愛してると彼の吐息が言っている。やり方もわからないままに、楓もそれに一生懸命応えた。そのまま長い間ふたり抱き合う。もう一瞬も離れたくない。

和樹が楓の髪にキスを落とした。

「まだ信じられないな。君をこうして抱けるなんて」

「私もです。まさか和樹さんが同じ気持ちだったなんて……。もう別れるしかないって思ってたから」

「別れるしかない……か」

「はい。黒柳さんがここへ来る少し前に、私、一ノ瀬さんから和樹さんが三葉商船の副社長として世間でも認められつつあるって聞いたんです。だとしたらもう和樹さんは契約の目的を達成したってことになるでしょう？　だから……」

と、そこで和樹がなにかに気がついたように「あ」と声をあげ、安堵したように呟いた。

「あれは、一ノ瀬だったんだな。楓がカフェで一緒にいたのは」

「カフェ？　……そうです、いつもの面談です。……和樹さん見てたんですか？」

尋ねると彼はくっくと笑いだす。

「ああ、見たよ。でも相手が一ノ瀬だとは思わなかったから……。でもそういえば、あの日の一ノ瀬と同じ色のスーツだったな。……そんなことにも気づかないなんて、やっぱり楓には敵わないな」

意味不明なことを言っている。

「どういうことですか？」

首を傾げる楓の頬に、彼はチュッとキスをした。

「君のことになると俺はいつも冷静でいられなくなるという意味だ。いつもの判断力の半分も発揮できなくなる」

そう言って彼は、優しげな目で楓を見つめた。

「そもそも君が契約妻として適任でないと思ったのに指導すると言っただろう？ あそこからしておかしかった。一ノ瀬と一緒にいるところを見ただけでくだらない嫉妬までして……誤算は、数えきれないくらいある。君には敵わないよ」

「そんな……。私、そんなつもりはありません」

「君にそのつもりはなくても、そうなってしまうんだよ。こんなに俺を狂わせるのは後にも先にも楓だけだ」

そう言って彼はまた楓の唇にキスをする。目を閉じて彼の温もりを感じながら楓は自分も同じだと思っていた。楓だって彼に翻弄《ほんろう》され続けている。好きになってはいけないと、いくら止めようとしても、走りだす気持ちを止めることはできなかった。

「楓、愛してるよ。君は俺の妻だ。もう絶対に離さない」

甘い言葉を囁きながら、熱い彼の唇が頬に耳に、吸いつくように触れた後、首筋を辿りだす。大きな手がシャツのボタンを外したのに気がついて、楓はハッとして口を開く。

「ま、待ってください、和樹さん、私、今帰ってきたばかりで……」

「……知ってるよ、遅くまでお疲れさま」

言いながら彼はシャツの中に侵入する。楓の肌を、楽しむように刺激する。

「ん……きょ、今日はすごく忙しくて……」

その感覚に負けそうになりながら、楓は彼にさりげなくストップをかける。このままでは一日中働いた身体を彼にさらけ出すことになってしまう。

……けれどまったく通じなかった。

肌を辿る不埒《ふらち》な唇は、愛の言葉を囁くのみである。

「うん、ありがとう。仕事に一生懸命な楓も大好きだ」

「ん……あ……。そ、そうじゃなくて……！　あまり綺麗じゃないから」

「大丈夫だ。楓はどこもかしこもいい匂いがする。俺をおかしくさせる楓の香りだ。ずっとこれを感じたいと思ってた」

「い、いい匂いって、そんな……！　ダ、ダメです！」

たまらずに楓は、胸元の癖のある黒い髪をくしゃくしゃとする。

手を止めて見上げる彼に直接的な言葉で懇願した。

「お、お風呂に入らせてください……！　お、お願いです……」

すると彼は、瞬きを二回、三回。楓をしっかりと抱いたまま、フッと笑みを漏らす。

そして楓を愛おしげに目を細めた。

「ごめん、つい夢中になってしまった。君の香りも俺の理性を壊すんだよ」

ようやく止まった彼の甘い攻撃に、楓はホッと息を吐いた。

「本当はこのまま君を抱きたいけど、仕方ない。お風呂に入っておいで」

これから起こる出来事をはっきりと口にした彼に、楓の頬が熱くなる。こんな風に彼の言動にいちいち反応してしまうのはいつものことだった。

和樹の手が楓の頬を包み込む。そして彼はたまらないっといった様子で、もう一度楓の胸元にキスをした。

「きゃあ！　も、もうっ……！」

声をあげる楓を見上げて、ふわりと微笑んだ。

「そうやって赤くなるその頬も、俺をおかしくさせるんだ」

ダークブラウンの木の扉の前で深呼吸をひとつする。ドキンドキンと痛いくらいに心臓が鳴るのを感じながら、思い切ってノックすると扉がゆっくりと開いた。

「どうぞ」

和樹に優しく促されて、楓ははじめて彼の寝室に足を踏み入れた。部屋の中央にある大きなベッドを直視できずにいると、和樹がそのベッドに腰を下ろして腕を広げた。

「おいで、楓」

そろりそろりと彼のもとへ歩み寄ると、腰に腕が回される。

「もう来ないんじゃないかと思ったよ」

「ご、ごめんなさい。ど、どうしたらいいかわからなくて……」

頬を染めて楓は答えた。

今彼が言った通り、風呂に入ってからここへ来るまでずいぶん時間がかかってしまった。

まずはバスルームで入念に身体を洗った。次に、なにを着たらいいかわからなくて、クローゼットの前で行ったり来たり。彼の部屋へと続く階段を上る勇気がなくてしばらくそこでウロウロして、寝室の前でまた……といった具合だった。

「まだ決心がつかないなら、このままここで一緒に寝るだけでもいいんだぞ」

緊張を隠すこともできない楓を、和樹が優しい目で見上げた。

「もちろん俺は君が欲しい。でもここにいてくれるだけでいいというのも本心だ。君に少しも無理をしてほしくない」

「私……。自信がないんです」

楓は眉を下げた。

これくらい皆していることだとわかっている。二十七歳にもなって情けないと思うけれど、ちゃんとした恋愛をまったくしてこなかった楓には、なにをどうすればいいかわからなくて不安だった。

和樹が首を傾げた。

「自信がない？」

「か、和樹さんは、たくさんの女性と付き合ってきたんでしょう？　黒柳さんから聞きました。外国人モデルの方と付き合っていたこともあるって……。でも私はなにもかもがはじめてで……。その、多分うまくできないと思います」

楓の言葉に、和樹は眉を寄せて渋い表情になった。

「黒柳は、もっと早く外しておくべきだったな」

苦々しそうに呟いて、ため息をつく。うつむく楓の頬を大きな手で包み込んだ。

「うまくやろうなんて思わなくていい。俺はそのままの楓が好きなんだから」

「でも……」

「それに、はじめてなのは君だけじゃないよ。……俺もだ」

その意外な言葉に、楓は驚いて顔を上げる。

和樹が少し照れたように微笑んだ。

「心の底から愛おしいと想う相手と、こうなるのは俺もはじめてだ」

「和樹さん……」

「俺はずっと三葉家の長男としての役割を果たすために生きてきた。自分には合わないと理解するまでは、結婚もそのひとつだと思っていた。だからそれなりの経験はある。その過去は消せないが、本当に好きになったのは……生涯を共にしたいと思ったのは、楓、君がはじめてなんだ。これだけは信じてほしい」

まっすぐで飾らない言葉に、楓の心は温かくなる。

旧財閥の家に生まれて、楓には想像もできないほど重いものを背負ってきた彼は、いくつかの顔を使い分けていた。おそらくはそれが彼の生きる術《すべ》だったのだ。

その彼が、素顔をさらけ出し、素直な言葉で楓への愛を口にしている。そのまっすぐな眼差しに、楓の中の不安が溶けてゆく……。

「はい、信じます」

答えると、彼は優しげに目を細めてサイドテーブルの上のあるものを手に取った。

「それ……」

朝、家を出る時に、結婚指輪と一緒にダイニングテーブルに置いてきたクローバーのネックレスだ。

「もう一度、つけてくれるか?」

耳元で和樹が囁いた。

「このネックレスを君がつけているだけで、俺は満たされた気持ちになる」

甘い吐息の独占欲に、楓がこくんと頷くと、首にチェーンが回される。金具をつける彼の指をこそばゆく感じた次の瞬間、うなじに熱く口づけられる。

「あっ……!」

思わず楓はのけぞって、薄暗い寝室に熱い息を吐いた。

まるで仕留めた獲物に喰《く》らいつく豹《ひょう》のように、彼はそこに吸いつきねぶる。激しすぎる未知の刺激に、反射的に逃れようとする楓の動きは、回された腕に優しくねじ伏せられた。

「ん、あ……和樹さ……」

「結婚指輪は、新しいのを買い直そう」

くぐもった声で和樹が言う。それに楓は首を振った。

「そんな……！　ん……。ちゃ、ちゃんとしたものがあるのに……」

「あれは契約のためのものだろう？　ふたりの愛の証《あかし》ではない」

「んんっ……」

だからといって買い直すなんてあり得ないと楓は思う。結婚指輪の値段はネックレスなんかの比じゃないくらいなのだから。

でもその反論を口にすることはできなかった。彼から与えられる甘い刺激に、なにも考えられなくなってゆく。

「はじめからずっと、こうしたかったんだ」

愛おしげにうなじを辿る唇がくっくと笑う。

「あ……。ん、はじめから……？」

「ああ、はじめて君にこのネックレスをつけた時から、俺はここにキスしたかったたんだろう。今さら気がつくなんて、情けない話だが」

「んっ……ああ」

言葉の意味は、もはや霞《かす》む楓の思考には届かない。ただ与えられる感覚に身を震わせるのみである。触れられているのは、そこだけのはずなのに、まるで身体の中心を直接愛撫《あいぶ》されているように感じるのはなぜだろう。じわりじわりと自分の中の甘い蜜《みつ》が溶け出ていくような心地がする。

首筋と耳朶《じだ》を這う彼の唇に夢中になっているうちに、楓のパジャマのボタンが外されて、大きな手が侵入し、欲しがるように這いはじめる。

「ん……」

少し怖いような、でもその先を早く知りたいようなはじめての感覚に、楓は固く唇を閉じる。そうでないと恥ずかしい声が漏れ出てしまいそうだった。乱れる姿を愛おしい彼に見られたくない。

でもそれを和樹は許してくれなかった。真っ赤に染まった耳を口に含む。

「楓、声を聞かせてくれ。我慢するな」

「ん……。で、でも……！」

「大丈夫、優しくするから。俺はもう二度と君につらい思いをさせないと決めている。

少しも苦痛を与えたくない。……だからどうしてほしいのか、どこに触れてほしいのか、俺に教えてくれ」

とてもできそうにない要求を口にして彼は楓の顎に手を添える。やや強引に上を向かせられたかと思うと、振り向く形で唇を奪われた。

「ん……。あ……！」

閉じることは許さないとばかりに、彼は口の中に侵入してそのままそこで暴れだす。その間も大きな手が熱くなった楓の身体を這い回っていた。

恥じらいも戸惑いも、すべて彼の熱い唇と手によって脱がされてゆくような気分だった。愛する人に触れられる喜びと、彼への愛で頭がいっぱいになっていく。

「そう、上手だ。楓、可愛いよ」

耳を塞ぎたくなるほどの艶めいた自分の声と、それに重なる彼の言葉、そして衣擦れの音が、静かな寝室を甘美な色に染め上げていく。

背中に感じる冷たいシーツの感覚に、ぼんやりとしたまま目を開くと、いつの間にか一糸まとわぬ姿でベッドの上に寝かされていた。

膝立ちになった和樹が、癖のある髪をかき上げて、余裕のない表情で楓を見下ろしている。いつも完璧な彼とは違うその姿が、これ以上ないくらいに愛しかった。

「綺麗だ、楓」

劇薬のような愛の言葉を吐いて、その唇は再び楓の肌を優しく辿りはじめる。

身体が燃え上がるように熱かった。奥底にある自分でも知らない場所が切なくキュッと締めつけられる。優しい彼のその行為が、もどかしくて、どうにかなってしまいそうだ。

たまらずに楓は、恥ずかしい言葉を口にする。

「和樹さ……、私、も、もう……」

早くあなたのものになりたい。

和樹が、汗ばむ肌を舌で辿りながら、それに答える。

「もう少し溶かさないと。君ははじめてなんだから……」

もう少しという言葉に、楓は背中に回した手で彼のTシャツを握りしめた。

「だ、大丈夫です。つ、つらくてもいいです」

恥じらう余裕はもうなかった。

もっと激しく、もっと深く愛してほしい。

自分を見つめる綺麗な瞳に、楓は訴えた。

「早く和樹さんのものになりたいです。もう待てな……!」

言いかける言葉は、熱く彼の唇で塞がれる。

「ん、ん、ん……」

呼吸すら奪ってやると言わんばかりの激しいキス。そして彼の熱が身体を貫いた時、頭の中で白いなにかが弾け飛んだ。

エピローグ　三葉夫妻の朝

今日から十二月という日の朝、三葉家の本棟にあるパウダールームで、楓は鏡の中の自分を見つめている。点検するように右を向いて、次に左を向く。よしと思い、フェイスブラシをポーチにしまった。

今日のスタイルは、編み模様が上品なオフホワイトのニットと、細かいチェック柄で長めの丈のタイトスカート、黒いタイツを合わせている。秋口に和樹と一緒に買い物へ行き、揃えてきたものだ。

思いを伝え合ったあの夜宣言した通り、和樹はこれからはすべて楓の思う通りにしていいと言った。すなわち、着るものもメイクももとに戻してよいという意味だ。

正直なところ、楓にとってはその方が楽なのは確かだ。けれど結局、ホテルの美容師と百貨店のスタッフのアドバイスを受けながら、メイクもおしゃれも続けている。名実共に三葉和樹の妻になった今は、それが自分の役割だと思うからだ。

以前の自分なら考えられなかっただろう。夫のために自分を大きく変えるなんて。でも今は、たとえそうだとしても納得していればそれでいい、それが夫婦というものだ、と感じている。彼のために、できることがあるならばやりたいと素直に思う。

思いが通じ合い本当の夫婦として過ごした二カ月の間で、両親に対する見方も少し変わった。楓からは歪《いびつ》に見えたふたりだが、思えば母の口から父や自分が置かれた境遇についての愚痴を聞いたことは一度もなかった。

夫婦にはふたりにしかわからない事情があり、その数だけ理想の形があるということなのだろう。

鏡に映る楓の左手の薬指には、重ねづけされた結婚指輪が輝いている。契約のために買ったものと、その後それに合わせてつけられるようオーダーしたものだ。

和樹は、すべてを楓の思うままにすると言ったが、指輪に関してはどうしても新しいものを買うと言って譲らなかった。

『契約だと言って、君に結婚を迫ったこと、申し訳なかった。なにもかもはじめからやり直すわけにはいかないが、せめて指輪だけは買い直させてほしい』

その気持ちをありがたく思いつつ楓は、契約のために買った指輪を外す気にはなれなかった。どんなはじまりだったとしても、彼を愛するようになったのは、あの契約があったからだ。そう思うともとの指輪も大切にしたかった。

それを和樹に伝えると、それならば、と重ねづけできるデザインのものをオーダーしてくれたのだ。

まだ浅いふたりの歴史。これからはこの指輪みたいに重ねていこうと思っている。

楓は鏡の前のアクセサリーボックスに手を伸ばす。でもそこへ後ろからスーツの腕が伸びてくる。

振り返ると和樹が立っていた。

アクセサリーボックスから取り出したクローバーのネックレスを手にしている。

「つけさせてくれ」

頷いて楓がまた前を向くと、彼が後ろからネックレスをつける。そして満足そうに微笑んだ。彼はタイミングが合う限り、こうやって楓にこのネックレスをつけたがる。

「ありがとうございます」

その彼の視線が楓の髪に注がれているのに気がついて楓は首を傾げた。

「髪、まとめてるんだな」

「はい」

楓は頬を染めて答えた。

家でのお団子スタイルは楽でお気に入りだが、さすがに会社ではそういうわけにはいかない。ひとつ結び、あるいはダウンスタイルが多かった。それを美容師に話したら、簡単にできてオフィスにも合うアレンジの仕方を教えてくれたから、今日、初挑戦してみたというわけだ。

「変……ですか？」

心配になって楓は尋ねる。

鏡越しに楓を見つめる和樹が、少し難しい顔になっているからだ。

自分ではなかなかうまくやれたと思うけれど……。

「いや、よく似合うよ。ただ……」

そう言って彼は、フッと笑う。そして自分のうなじを人差し指でトントンとした。

「俺のつけた跡が丸見えだけど」

「跡……？」

言葉の意味がすぐにはわからず、楓は首に手をあてて考える。しばらくしてキスマークのことを言っているのだと気がついて真っ赤になった。

「か、和樹さん、またつけたんですね……！」

ベッドを共にする時の和樹は、楓のうなじに口づけるのがお気に入りで、いつも満足するまで離さないから、跡が残ってしまうことがたびたびある。けれど自分では見えないところだから、気がつかなかったのだ。

「もう……。せっかく上手にできたのに」

楓は頬を膨らませ髪をほどく。さすがにこのまま会社へ行くわけにはいかない。

それなのに和樹はにっこりと微笑んで、とんでもないことを言う。

「べつに俺はそのままでもいいと思うけど。楓が俺のものだと会社中に示すことができる」

「か、会社中にって今さら……。仮面夫婦の噂なんてもうすっかりなくなったじゃないですか。秘書課の社員に誘われることはなくなったんでしょう?」

噂は、楓がクローバーのネックレスをつけて出社しだした頃から収まりつつあったが、香港から帰ってきた夜に、和樹が経理課に慌てて乗り込んできたという出来事が決定打となって、完全に消滅した。

今さら会社で夫婦だとアピールする必要はまったくない。

「気にしてるのはそこじゃない。楓の周りだ。急に綺麗になった君に、男が近付かないように」

「な……!　男って、そ、そんなことあるわけないじゃないですか。変なこと言わないでください」

意味不明なことを言う和樹に、楓が目を剥いて反論する。

和樹が不快そうに眉を寄せた。

「変なことじゃなくて本当のことだ。つい最近会議で階下に行ったんだが、『鉄の女に、提出したデータの不備を指摘されるのがたまらない』と、企画課の社員が言ってるのを耳にした」

「なっ……、なんですかそれ！」

和樹の言葉に楓は声をあげる。

たとえ相手の怠慢であっても、あまり強く言いすぎるのはよくないかと思い、最近はなるべく相手の事情を考えながら柔らかく話すようにしている。それなのに、そんな風に言われているとしたら心外だ。

「そんなの許せない」

「ああ、許せないな」

和樹が同意した。でもその理由は、楓とはまったく別のものだったようで。

「社員なら楓が俺の妻だということは知らないはずがないのに、そういう目で見ているとは……。よほど出ていって直接注意してやろうかと……」

「したんですか⁉」

慌てて楓が尋ねると、彼は首を横に振った。

「してないよ。さすがに大事になるからな。でも名前と顔は覚えた」

楓はホッと息を吐いて、同時に大人げない彼に呆れ返ってしまう。そんなの今までの陰口の延長で、服装を変えた楓に対するただの冗談にすぎないのに。

「深い意味なんてないんですから、本気にして変なこと言わないでくださいね」

念を押すが、彼は肩をすくめただけだった。その彼を楓はじろりと睨んで、ぷりぷりしながら髪を梳《と》かす。

「……髪の毛、せっかく上手にできたのに。まとまっている方が、仕事しやすいんですよ」

まとめていると髪が視界に入らないから、集中できるのだ。家で勉強する時は、必ずお団子頭にする。

和樹がくすりと笑みを漏らして楓の首筋を指で触れる。

「悪い悪い、でも大丈夫。もう薄くなってるから明日には消えるだろう」

「薄く……そうですか。ならいいですけど……」

彼の指をこそばゆく感じながら、楓は呟いた。

——でもその時。

和樹がかがみ込み、楓の耳に口を寄せて囁いた。

「今夜またつけるつもりだけど」

「なっ……！」

唐突に耳にかかった甘い吐息とその言葉の内容に、楓は真っ赤になってしまう。振り返り、反論しようとする楓の唇は。

「……んっ」

彼の唇に塞がれた。

勝手知ったるといった様子で楓の中に入り込み、その中を優しく甘く刺激する。離れる頃には、楓は少しぼんやりとしてしまっていた。

「今夜は君が寝るまでには帰れそうだ、起きて待っててくれるか？」

耳元で和樹が問いかける。朝には似つかわしくない深くて甘い触れ合いに、すっかり火照ってしまった頬を持て余しながら楓は呟いた。

「あ、跡をつけるなら……ダメです」

でも言葉に力は入らなかった。

「そんな目で言われても全然説得力がないな」

「もう……」

その眼差しを見つめながら、奇跡みたいだと楓は思う。帰宅時間を伝え、ちょっとしたことで笑い合う。そんな些細《ささい》なことが、これ以上ないくらいに愛おしい。嵐の夜に、ひとりきりの未来に怯えていたのが嘘みたいだ。こんな日常をいつまでも大切にしていきたい。

「和樹さん、大好きです。帰りをお待ちしております」

幸せな思いで胸をいっぱいにして、楓は和樹の瞳を見つめる。

和樹が目を細めて、頬に優しくキスを落とした。

了

特別書き下ろし番外編

出航

優しく頭を撫でられたのを感じて楓はゆっくり目を開く。素肌に感じるシーツの感覚と見慣れない天井に、一瞬自分がどこにいるのかわからなかった。

「あれ……？　私……」

「疲れたんだろう、まだ寝てていいぞ」

楓の頬にそっと触れて、和樹が言った。

彼の後ろの大きな窓の向こうで大海原が夕陽の色に染まっている。楓はここがクイーンクローバー号のロイヤルスイートルームだということを思い出した。

「私……どのくらい寝てました？」

「三十分くらいかな、もうすぐ出航だ」

シーツを引き寄せなにも身につけていない身体を隠しながら楓は身体を起こす。和樹がベッドに上がり、ヘッドボードにもたれかかって座り、楓を包み込むように抱きしめた。

「今日はお疲れさま」

和樹が耳に囁いた。

今日はふたりの結婚式だった。

クイーンクローバー号では、挙式から披露宴まですべてを執り行うことができる。挙式中は湾内を航行していたクイーンクローバー号は、挙式後、一旦帰港して招待客を下ろし、一般客を乗せてこのまま二週間ミクロネシアの島々を巡る旅へ出る。楓と和樹も新婚旅行として旅立つことになっていた。

「今日は大成功でしたね。いい映像が撮れたって、スタッフの人が喜んでいました」

和樹に身体を預けて満たされた思いで呟くと、和樹がやや渋い表情になった。

「まあ……ね」

今日のふたりの結婚式は、実は社を挙げての広報活動も兼ねている。今日の様子は映像と写真で記録されて、和樹が出演する若い実業家たちを扱ったドキュメンタリー番組と、今後のクイーンクローバー号挙式プランのプロモーションに使われるのだ。だから結婚式の内容について完全に自由に選べたわけではなく、半分仕事みたいな感じだった。

この案が広報部から上がってきた当初、和樹は難色を示した。プライベートと仕事は分けたいと言ったのだ。楓との結婚を完全なるビジネスだと言い切っていた頃とは百八十度違う反応だ。

その渋る彼を決断させたのは楓だった。

もともと結婚式には興味がなく、お色直しも夢のような演出もやらなくていいとさえ思っていた。けれど、会社のためと言われて逆にやる気になったのだ。

そうして実現した結婚式である。

「半分仕事みたいになって申し訳なかったな」

和樹がもう何度目かになる、謝罪の言葉を口にする。楓は首を横に振った。

「むしろ自分のためなら、こんなに盛大にはやらなかったです。会社のためだから頑張れたんだと思います。ケーキだけはこだわらせていただけたから、それで私は満足です」

きっぱり言い切ると、和樹がふっと笑った。

「楓らしいな。まぁ俺は楓が満足したならそれでいい。……それに俺としても成功だったかな」

『俺としても成功』という少し不思議な言い回しに、楓は首を傾げた。

「成功?」

「ああ、楓は俺の妻だと世間にも社員にもアピールできた」

そう言って心底満足そうにする和樹に、楓は呆れて肩を落とした。

「また言ってる……。だから、そんなアピール必要ないって言ってるじゃないですか」

「あるよ」

和樹が反論した。

「最近髪をまとめて出社するようになった楓が、どう見られてるか知ってるか?」

「……いえ、知りません」

「人妻らしくなって、ますます綺麗になってきたと評判だ」

「え、ええ⁉ ひ、人妻らしく……?」

声をあげて、楓は目を丸くする。

和樹がため息をついた。

「確かに髪を上げている楓は危険なくらい可愛い。そう言いたくなるのもわからなくはないが……」

髪をまとめて出社するのは楓のここのところのお気に入りだ。業務に集中できて効率よく仕事ができる。最近では、和樹にキスマークをつけられていない時はまとめていることが多かった。

おしゃれとか、人の目を惹きたいとかそういうつもりはまったくないというのに、そんな風に言われているとしたら心外だ。

「人が真面目に仕事してるのに……！　そんなの、許せない！」

その言葉に和樹も同意した。

「ああ、許せない。だから改めて君が俺の妻で、誰の手にも届かない存在なのだと周知できたのはよかったよ。楓をそういう目で見るやつは少しは減るだろう。いなくなることはないだろうが……」

そう言ってまたため息をついている。

まったく見当違いの心配ばかりしている和樹に、楓は呆れ返ってしまう。彼が有能で類い稀《まれ》なる経営者なのは間違いないが、それでもこんなことで大丈夫なのかと思ってしまうくらいだ。

「そんな噂……本当かどうかもわからないのに」

楓が言うと、和樹が肩をすくめた。

「一ノ瀬からの情報だから確かだろう。……俺が報告するように言っているわけじゃないよ、あいつが勝手に教えてくれるんだ。完全に面白がっているんだな」

そう言って苦々しい表情になる。

思わず楓は噴き出した。

「仲いいですね」

くすくす笑いながら幸せな思いで目を閉じた。

結婚式は、やってよかったと心から思う。

もちろん和樹が言ったような理由ではない。会社のために成功だったことを喜んでもいるが、それ以上にたくさんの人に祝福されたことが嬉しかった。経理課のメンバーや友人たち、そして家族。

実家のある田舎の町からほとんど出ない両親だが、飛行機に乗ってはるばる上京してくれた。親族席で目を潤ませている姿に、これからは今までと違った関係が築けるだろうと確信した。

目を閉じたまま、そんな思いに浸る楓の髪に和樹がキスを落とした。

「やっぱり疲れたんだな……。夕食は、ルームサービスにしようか」

楓がまだ寝足りないのだと思ったようだ。まるで楓が疲れているのは結婚式のせいだとでもいうような言葉に、楓はパチッと目を開く。振り返り彼を睨んだ。

「私が寝ちゃったのは、式のせいじゃなくて、和樹さんのせいですよ」

下船するゲストを見送った後、楓はすぐにシャワーを浴びてメイクを落とした。一般客が乗船する前に船を散策しようと思っていたのだ。

それなのに、まだ明るいうちからベッドで眠ってしまったのは、バスルームから出てきたところを和樹に捕まったからである。そのままベッドに連れ込まれて……。

「ごめん、我慢できなかった」

和樹がくっくっと肩を揺らした。ごめんと言いながらまったく反省している様子はない。

楓は頬を膨らませた。

「和樹さん、反省していませんね?」

「もちろんしてるよ。だけど今日の楓は特別綺麗だったんだ。あんな楓の隣にずっと隣にいて、途中で襲いかからなかっただけでも感謝してほしいくらいだな」

無茶苦茶な言い訳をしている。楓を覗き込みジッと見つめた。

「嫌だったか?」

その視線に、途端に楓は勢いをなくしてしまう。

「い、嫌じゃないですけど……」

むしろその逆だったような気が……しなくもないような。だって今日は和樹の方こそ恐ろしくカッコよかった。普段から完璧な人ではあるけれど、正装するとより一層洗練されて、破壊力抜群だ。でもそれを口にはできずに黙り込む。

和樹がニヤリとして楓の頬を突いた。

「けど?」

楓の気持ちなどお見通しなのだ。

「知りません!」

楓がプイッと横を向くと、くっくっと笑って呟いた。

「……少し寝て回復したみたいだな」

大きな手で楓の髪をかき上げ、そのままうなじに口づけた。

「んっ……、か、和樹さ……?」

突然の彼の行動に戸惑う楓に、熱い唇が問いかけた。

「嫌?」

「嫌じゃな……だけどさっきも……んっ……!」

さっきも彼は、たくさんそこに口づけた。しかも彼がそうした後、そこで終われないことを楓はもう知っている。そしてその予想通り、彼の手が楓の素肌を辿り楓の身体に火をつけようと、弱いところを攻めはじめる。

「あ……だって、さっきも……」

「俺は全然足りてない。……あれくらいで足りるわけがないだろう? ずっと我慢させられたんだ」

結婚式では髪を結い上げることが決まっていたから、念のため二週間前からうなじにキスマークをつけるのはやめてもらっていた。彼はそれを快く受け入れていたように見えたのだが、平気だったというわけではないらしい。

その鬱憤が、甘い爆弾となって今、爆発する。

「んっ……、あ、あ……」

のけぞる楓をしっかりと腕に抱き、彼は音を立ててキスをする。熱い唇が、うなじだけでなく耳に肩に背中に触れてゆく。楓の身体に完全に火がつけられていく。

「これから二週間、君はずっとこうやって俺に愛され続けるんだ」

「ん……ずっと……？」

「ああ、ハネムーンなんだから当然だろう？　まさか知らないで乗船したのか？」

彼は楓をベッドに組み敷いて、真っ赤に染まる耳を甘噛みした。

「絶対に降りられないからな、覚悟しろ」

「んんっ……！」

耳に囁く熱い声と身体を包む温もりに、無我夢中になりながら、楓の胸は幸せな思いでいっぱいになっていく。

これから自分は新たな人生の旅に出る。和樹と同じ船に乗って。
海が荒れることもあるだろう。暗礁《あんしょう》に乗り上げることだってあるかもしれない。
けれど、どんな困難に直面しても決して船を降りることはない。
最終目的地に辿り着くまで、ずっとふたりは離れない。
夕日が沈み濃い紫色に染まる海と重なるふたりの影、ボーッという汽笛を鳴らして
クイーンクローバー号が大海原に出航した。

了

あとがき

このたびは、本作品ををお手に取っていただきまして、まことにありがとうございます。お楽しみいただけましたでしょうか。

今回は異性不信で結婚なんかまっぴらだ！と思っているヒーローとヒロインが、ある事情から仮面夫婦を演じているうちに惹かれあっていくお話です。

ヒーローはいわゆる俺様と言われる男性です。有能で自信家の彼が、こんなはずじゃなかったのにな……と思いながらヒロインにはまっていく様子を微笑ましく思いながら書きました。

対するヒロインは地味子と言われる女性です。真面目で仕事ができるけれど、プライベートは少し手を抜きがち……という私にとってはすごく好感が持てるタイプの子でした。恋ってこんなに大変なの⁉と思いながらヒーローに惹かれていく様子を可愛いなと思いながら書きました。

はじめのうちは言い合いばっかりしていたふたりが、少しずつ少しずつ、惹かれあっていく様子をお楽しみいただけたら嬉しいです。

さて、カバーイラストを担当してくださったのは、北沢きょう先生です。北沢先生に担当していただくのはデビュー作以来二回目です。私がこうして作品を世に送り出せているのは、デビュー作を北沢先生にご担当いただけたからだと思います。この作品が私のベリーズ文庫十作品目なのですが、記念すべき節目にまたご担当いただけたこと、心から感謝いたします。

北沢先生、本当にありがとうございました！

また書籍化にあたりまして、サポートしてくださったご担当者さま並びに編集部の皆さまに厚く御礼申し上げます。今回私がはじめて俺様ヒーローに挑戦するきっかけを作っていただきました。ありがとうございました！

最後になりましたが、この本をお手に取ってくださった皆さまに、心より御礼申し上げます。

こうしてたくさんの作品を世に送り出すことができたのは皆さまのお力です。

いつの日かまたどこかで、お会いできますように。

皐月《さつき》なおみ

皐月なおみ先生への
ファンレターのあて先

〒104-0031
東京都中央区京橋1-3-1
八重洲口大栄ビル7F
スターツ出版株式会社　書籍編集部　気付

皐月なおみ先生

本書へのご意見をお聞かせください

お買い上げいただき、ありがとうございます。
今後の編集の参考にさせていただきますので、
アンケートにお答えいただければ幸いです。

下記URLまたはQRコードから
アンケートページへお入りください。
https://www.berrys-cafe.jp/static/etc/bb

ベリーズ文庫

契約妻失格と言った俺様御曹司の溺愛が溢れて満たされました【憧れシンデレラシリーズ】

2023年8月10日　初版第1刷発行

著　　者　皐月なおみ

発 行 人　菊地修一
デザイン　カバー　ナルティス
　　　　　フォーマット　hive & co.,ltd.
校　　正　株式会社文字工房燦光
発 行 所　スターツ出版株式会社
〒104-0031
東京都中央区京橋1-3-1　八重洲口大栄ビル7F
TEL　出版マーケティンググループ　03-6202-0386
(ご注文等に関するお問い合わせ)
URL　https://starts-pub.jp/
印 刷 所　大日本印刷株式会社

Printed in Japan

ISBN 978-4-8137-1464-4　C0193

ベリーズ文庫 2023年8月発売

『契約妻失格と言った俺様御曹司の溺愛が溢れて満たされました【憧れシンデレラシリーズ】』 皐月《さつき》なおみ・著

会社員の楓は両親からの結婚催促に辟易としていた。ある時、自分の勤める大手海運会社の御曹司・和樹と利害が一致して仮面夫婦として暮らすことに！周囲に偽装結婚だとばれないよう夫婦らしく過ごしていたが――「君が欲しい」ビジネスライクな関係のはずが、限界突破した彼の独占欲で愛し尽くされ…!?

ISBN 978-4-8137-1464-4／定価737円（本体670円＋税10%）

『天才パイロットは交際0日の新妻に狡猾な溺愛を刻む』 葉月《はづき》りゅう・著

運航情報官として働く莉真は、苦い初恋を引きずっている。新たな恋に踏み出せないことを敏腕機長・暁月に知られると、突然キスされた挙句求婚される！　しかも、利害の一致だけじゃない"恋愛前提"の結婚で――!?　「俺を好きにさせてみせる」甘くて時に意地悪な暁月との夫婦生活に、莉真は翻弄されていき…。

ISBN 978-4-8137-1465-1／定価726円（本体660円＋税10%）

『敏腕外科医はかりそめ婚約者をこの手で愛し娶る～お前は誰にも渡さない～』 紅《くれない》カオル・著

傷心中の七緒は、祖母に騙され嫌々見合いに参加する。相手の凄腕外科医・聖も結婚願望はなく、ふたりは偽装婚約して見合い攻撃を回避しようと画策。なのに、あれよあれよと同居までスタートすることに!?　偽りの関係のはずが、「俺だけ知っていればいい」と独占欲を露わにしていく聖に抗えなくて…！

ISBN 978-4-8137-1466-8／定価726円（本体660円＋税10%）

『冷徹エリートな航空自衛官は一途な執愛を貫く～身代わり妻なのに赤ちゃんを宿しました～』 にしのムラサキ・著

中小企業の令嬢・世莉奈は駆け落ちした姉の代わりに大手航空会社の御曹司で航空自衛官の将生と政略結婚することに。身代わり妻だという罪悪感がぬぐえない世莉奈だったが、想定外の溺愛猛攻が始まって…!?　彼の情欲孕む甘く熱い視線に世莉奈は戸惑いながらもとろとろに溶かされやがて愛の証を授かり…。

ISBN 978-4-8137-1467-5／定価726円（本体660円＋税10%）

ベリーズ文庫 2023年9月発売予定

Now Printing

『堅物外交官はかりそめ妻への情熱を抑えきれない』 砂川雨路《すながわあめみち》・著

弁当屋勤務の菊乃は、ある日突然退職を命じられる。露頭に迷っていたら常連客だった外交官・博已に契約結婚を依頼されて…⁉　密かに憧れていた博已からの頼みなうえ、利害も一致して期間限定の妻になることに。すると――「きみを俺だけのものにしたい」堅物な彼の秘めた溺愛欲がじわりと溢れ出し…。

ISBN 978-4-8137-1475-0／予価660円（本体600円＋税10%）

Now Printing

『タイトル未定【憧れシンデレラシリーズ3】』 惣領《そうりょう》莉《り》沙《さ》・著

食品会社で働く杏奈は、幼馴染で自社の御曹司である響に長年恋心を抱いていた。彼との身分差を感じ、ふたりの間には距離ができていたが、ある日突然彼から結婚を申し込まれ…⁉　建前上の結婚かと思いきや、響は杏奈を蕩けるほど甘く抱き尽くす。予想外の彼から溺愛にウブな杏奈は翻弄されっぱなしで…⁉

ISBN 978-4-8137-1476-7／予価660円（本体600円＋税10%）

Now Printing

『タイトル未定（御曹司×身代わりお見合い）』 若菜《わかな》モモ・著

OLの紬希は友人の身代わりでお見合いに行くことに。相手の男性に嫌われてきて欲しいと無茶振りされ高飛車な女を演じるが、実は見合い相手は勤め先の御曹司・大和で…！　嘘がばれ、彼の縁談よけのために恋人役を命じられた紬希。「もっと俺を欲しがれよ」――偽の関係のはずがなぜか溺愛が始まって…⁉

ISBN 978-4-8137-1477-4／予価660円（本体600円＋税10%）

Now Printing

『タイトル未定（パイロット×双子）』 Yabe《やべ》・著

グランドスタッフの陽和は、敏腕パイロットの悠斗と交際中。結婚も見据えて幸せに過ごしていたある日、妊娠が発覚！　その矢先に彼の秘密を知ってしまい…。すれ違いから何も言わず身を引いた陽和は双子を出産。約3年後、再会した悠斗に「もう二度と、君を離さない」とたっぷりの溺愛で包まれて…⁉

ISBN 978-4-8137-1478-1／予価660円（本体600円＋税10%）

Now Printing

『クールで紳士なCEOは意外と独占欲が強い』 ひらび久美《くみ》・著

翻訳者の二葉はロンドンに滞在中、クールで紳士な奏斗に2度もトラブルから助けられる。意気投合した彼に迫られとびきり甘い夜過ごして…。失恋のトラウマから何も言わずに彼のもとを去った二葉だったが、帰国後まさかの妊娠が発覚！　奏斗に再会を果たすと、「俺のものだ」と独占欲露わに溺愛されて⁉

ISBN 978-4-8137-1479-8／予価660円（本体600円＋税10%）

タイトル、価格等は変更になることがございますのでご了承ください。

ベリーズ文庫 2023年9月発売予定

Now Printing

『辺境の貧乏令嬢ですが、次期国王の王妃候補に選ばれてしまいました』 晴日青《はるひあお》・著

田舎育ちの貧乏令嬢・リティシアは家族の暮らしをよくするため、次期国王・ランベールの妃候補選抜試験を受けることに！　周囲の嘲笑に立ち向かいながら試験に奮闘するリティシア。するとなぜかランベールの独占欲に火がついて…!?　クールな彼の甘い溺愛猛攻にリティシアは翻弄されっぱなしで…。

ISBN 978-4-8137-1480-4／予価660円（本体600円＋税10%）

タイトル、価格等は変更になることがございますのでご了承ください。

小説サイト
Berry's Cafeの人気作品がボイスドラマ化!
豪華声優陣が出演!!
溺愛ボイスドラマ×ベリーズ男子
俺様すぎる強引社長
CV:増田俊樹
『キミは許婚』
by 春奈真実
とことん溺甘!
グイグイ秘書室室長
CV:梅原裕一郎
『秘書室室長がグイグイ迫ってきます!』by 佐倉伊織
隠れドS!?
溺愛系御曹司
CV:石川界人
『副社長は溺愛御曹司』
by 西ナナヲ
1話はすべて完全無料!
App Store からダウンロード
Google Play で手に入れよう
アプリストアまたはウェブブラウザで
ベリーズ男子
検索
【全話購入特典】
・特別ボイスドラマ
・ベリーズカフェで読める書き下ろしアフターストーリー
最新情報は公式サイトをチェック!
※AppleおよびAppleロゴは米国その他の国で登録されたApple Inc.の商標です。App StoreはApple Inc.のサービスマークです。※Google PlayおよびGoogle Playロゴは、Google LLCの商標です。